ピエタ　ボードレール◆目次

装幀——戸田ツトム

ピエタ　ボードレール

■凡例

・原文中のイタリック体は傍点またはルビで示した。
・原文中の大文字で始まる単語は〈 〉で示した。
・訳者による補足・説明には〔 〕を用いた。
・本文の原註は☆で、訳註は★で示し、本文の下に脚註として掲出した。

あの心やさしい女中のことを、あなたは妬んでいたけれど、
彼女はいま、みすぼらしい芝のしたで眠っているのだから、
わたしたちはせめてささやかな花を供えるべきだろう。
死者たちは、かわいそうな死者たちは、惨苦とともにあるのだから、
老木の枝を打ち払う〈十月〉が吹きかける
ものがなしい風が、彼らの大理石を取り巻くころになれば、
ああしてシーツのなかでぬくぬく眠る生者たちを
恩知らずなものと思っているに違いないのだから。
かたや暗い夢想の餌食となった骸たちには、
ともに眠る相手もなければ慰みの会話もないのだから、
老いさらばえ、凍てつき、蛆に苦しみながら、
ぽつぽつ滴る冬の雪と流れゆく世紀とが
骨身に沁みる死者たちには、格子にぶら下がる襤褸を
取り替えてくれる友人も家族もないのだから。

薪が口笛まじりに歌う夕べに、もしも
肘掛け椅子にしずかに座る彼女を見てしまったら、

十二月の青くつめたい夜に、もしも
この部屋の片隅に、厳かにうずくまる彼女がいたら、
永遠の寝床のふちからやって来て、
大人になった子供を母のように見守る彼女がいたら、
わたしはこの敬虔な魂に何と答えることができるのだろう、
彼女のくぼんだ瞼から、こぼれ落ちる涙を前にして。

——「無題」（一〇〇）★1

★1 「あの心やさしい女中」は、ボードレールの幼少期に雇われていたマリエットという女中を指す。七歳のときに実の母親が再婚して以来、ボードレールはこの女中を母のように慕っていたと思われる。彼はのちに、幼くして死別した実父と詩豪ポーとともに亡きマリエットを神の仲介者と崇めており、『悪の華』に収められたこの無題詩はそんな彼女に捧げる鎮魂歌として知られる。なお『悪の華』の詩篇に付した括弧内の漢数字は、底本とされる二版（一八六一年）の詩番号を示す。『内面の日記』（『火箭』、「衛生」、『赤裸の心』）に付した括弧内の漢数字はそれぞれの章番号を示すので区別されたい（章番号は一九七五年のプレイヤード版に準拠した）。

はじめに

この『ピエタ』は、ボードレールに対するわたしの絶え間ない愛着の、その絶え絶えの糸で――結び、伸ばし、撚りあわせて――編みあげた作品である。この詩人に対する思いは、『詩《ポエジー》の物と文化的なこと』（Hachette, 1986）から『詩的理性』（Galilée, 2000）にいたるまで、さらには『奇数』（Farrago, 2000）や『新装開店』（Galilée, 2007）、ＥＮＳ〔高等師範学校〕の『ポエティック』誌の論文などもふくめ、今日まで点々とくり返してきた一連の研究に見てとれるだろう。

当初の予定では、それらのテクストを本書の補遺として再録するつもりでいたが、先日アントワーヌ・コンパニョンの招聘をうけてコレージュ・ド・フランスで講演を行なうことになった（二〇一二年一月三十一日）。これがわたしにとっては大いに熱意をかき立てる鍛錬となったので、そのまま本講演の糸をひといきに伸ばしてみたくなったという次第である。

いったい何のために。このささやかな本はどこから来てどこに向かうのか。その始まりと終わりをひとことで言う必要があるなら、わたしはボードレール自身の言葉を借りてみたい。ボードレールは一八五五年十二月二十日の母親宛ての手紙で、彼の作品をどう用いるべきかをわたしたちに教えてくれている。自分に「思考の明晰さ」と「希望の力」を授けてくれた「詩《ポエジー》のすばらしい能力」を見出すこと。これが、法律上では未成年として★2、法廷では罪人として、「住むことのできない世界」――彼はベルギー旅行中にそう書きとめている――にあえいでいた人間に、生きる力を与えていたものだ。ヘルダーリンの言葉でいえば詩人の勇気《ディヒタームート》を、どんな幻覚も寄せつけない洞察力を求める心を、ボードレールは思い出させてくれる。「わたしはきみにこの詩を贈る」……。

とある偶然のめぐりあわせから生まれた本書の題名について、みじかい説明をくわえておこう。ある年のこと、わたしは『悪の華』の作者が詩を捧げたあの敬虔な魂とはいったい何なのだろうと考えていた。そんなおり、ローマのサン・ピエトロ大聖堂の《ピエタ》を眺めながら、ミケランジェロの憐れみ《ピチエ》と敬虔さ《ピエテ》は、この《ピエタ》を見るわたしたちにいったい何を読みとらせたかったのだろうと思った。聖母は膝のうえに、わが子を広げて見せている。わが子の体を広げながら、晒しながら、贈っている。まるで空間を――わたしたちの生きる空間を――開くようにして。

詩《ポエジー》の能力とは予言の力であり、その力は謎や寓話を生む。世界空間と憐れみのように、「日

★2　ボードレールは亡父の遺産相続から二年足らずで総額の約半分を浪費したため、二十三歳以降、法定後見人から月々の生活費を受け取る身となった。

常的」には関係のないふたつのものを近寄せる《ラプロシェ》〔比較する〕ことで、読み解くべきひとつの形象（古い意味での「イメージ」）や「神託」を生む。とはいえ、こうしたものは恣意的のそしりを免れず、万人に理解されることはない。そんなものが、いったい何になるのだろう。詩とはあるふたつのものを近寄せることで、そのふたつを近寄せる可能性をわたしたちの意志に与えてくれるものだ。詩はやって来るものを言うものであり、いかなる答えでもありはしない。

ピエタ　ボードレール☆1

これは「わたしのボードレール」である……。サルトル、ボヌフォワ、バンヴェニスト……といった尽きせぬすぐれた先達たちに、わたしは自分なりの読みを突きあわせてみたい。いまなお、あいもかかわらず、なぜボードレールなのか。今日の問題は……そこにある。『悪の華』であれほど挑発的な「否認」を行ない、「神秘という的」を冒瀆し、キリスト教を降架したシャルル・ボードレールがわたしたちに託した「聖遺物」を、この二十一世紀へ移すこと――彼が『火箭』の末尾で予告した「世界の終わり」とは異なるもうひとつの「世界の終わり」が、わたしに言わせれば文化的な潮流を支配している今日へ――そう、移すこと。詩《ポエジー》のすべてを続けてゆくために、どうやってこの過去をその喪失に変えればよいのだろう。いまはわたしたちの番なのだ……。

サルトルは運命というものにこだわる（彼自身が「選ぶ」運命に……彼は、小説用に作られた人物ではなく、世に認められた作品をもって鳴る名前を選んでいるのだ）。伝記をたよりにして、サルトルはひとつの運命を、あの「自己欺瞞」（「挫折行為」）という宿命的な選択へと追

☆1　本書の題名はコレージュ・ド・フランスで行なった講演（二〇一二年一月三十一日）の「わたしはこの敬虔な魂に何と答えることができるのだろう」というタイトルに由来する。これは『悪の華』の百番から引用した一行である。

いやる。要するに、出来事の意味を、テクストの意味と同じように、まるで「書簡集」の手紙のように読み解いてしまおうというわけだ。精神分析の手つきでシャルル・ボードレールの作品を彼の人生のある時期に結びつけることで、「ボードレール」の性格を理解し、人口に膾炙した表現で言えば、彼は「転々と引っ越してばかりの」人間だったということにしてしまう。★3
だが人生の断面というものは、たとえ見事に復元され、詩人の生涯と作品に首尾よく結びつけられたところで、脈々と連なる詩《ポエジー》の歴史（さまざまな作品の生成にみる詩想史）を辿ろうとする詩学にとってはさほど重要ではない。詩にせよ何にせよ、人々に宛てて書かれたものが生みうる解釈学の可能な意味は、それが伝えるさまざまな状況や事実を超越してゆくものなのだから。書かれたものが伝えるもののなかを通りすがるもの、見落とされたもの、同時代人に（「通りすがりの女性」（九三）に）、あるいは後世の人々に見落とされたかもしれないもの。詩学の新たな局面を切りひらくためには、そういうものにこそ意味がある。「わたしの詩の意味は人々が貸してくれる」とはヴァレリーの好きな言葉だ。詩の文意と意味を、寓意的〔allé-gorique：他の言いかた〕で、ひろく「翻訳可能」なものにするために。詩を他の言語に変容し、神託を広めるために。

わたしは彼の〈作品〉を構成するうえで不可欠と思われるいくつかの部分、その〈全体〉に通ずる部分にこだわりたいので、批評家や歴史家のような読みかたはしない。わたしが思うに、

★3 幼くして父を亡くしたボードレールは、最愛の母とふたりで過ごした幸福な幼年と、ほどなくそれを終わらせることとなった母の再婚を、のちに悲喜こもごもの筆で述懐している。サルトルは、母の再婚がボードレールに天涯孤独の運命を選択させる契機となったと見て、パリをはなれずに転居をくり返した詩人の姿に、宿命的な選択に囚われた人間像をかさねている（『ボードレール』）。

ボードレールの詩学を今日の詩学のために引き継ぐこと、それを作家の責務と考える人間は、『華』の百番の二十一行目の受け手となり、かつ送り手とならねばならない。わたしの同類たち、兄弟たちの敬虔な魂に、わたしはいまどんなふうにうまく言うことができるのだろう……。ボードレールの詩のなかで最もよく引用される、

深淵の奥底へ飛び込もう、地獄でも天国でもかまわない、
未知なるものの奥底へ、新たなものを探しにゆこう☆2

という最後の十二音節詩句に忠実であるかぎり——このかまわないは、棄教とダンテへの忠誠をいちどきに告げている——ボードレールの後裔は、近縁にせよ遠縁にせよ、みずからの忠実なる不実★4を賭することが許されているのだ。

☆2　「旅」（一二六）の末尾の引用とともに、まずクロード・ピショワの修道士的とも言える偉業に敬意を表したい。本書ではピショワによる一九六一年のプレイヤード版全一巻を参照とする。この版は一八六一年の『華』を底本としている。また一九七五—七六年の全二巻（プレイヤード版）も適宜参照する。〔本書で引用されているボードレールの作品については作品名を記すにとどめた。それゆえ翻訳に際して原註の数を若干削ったことをお断りしておく。〕

★4　デリダの「不実なる忠実」をあべこべにして、より「忠実」にした表現。遺産相続人の使命は、遺産を元のまま保存することではなく、それを別な場所へと移し、違ったかたちで生かすことであるとデリダは言う。遺産相続とは遺産を「忠実に」でっち上げることであり、不実になれない

悪の華

人間は忠実にはなれない
（『言葉にのって』）。

『悪の華』とは挑発的な題名だったが、その途方もない名声のために、この題名そのものに耳を傾けることをつい忘れがちだ。

クロード・ピショワの論証によれば、『悪の華』とは、シャルル・ボードレールが中学時代に書いた最初の創作の題名だったかもしれないのだ！　ピショワの伝えるところでは（C. Pichois et J. Ziegler, *Baudelaire*, Julliard, 1987, p. 108）[★5]、ボードレールの同窓生エミール・デシャネルいわく「中学生にしてすでに詩人」だったシャルルは、ラテン語の韻文詩で、薔薇を用いた完全犯罪なるものを考案していた。「ローマのカエサルのような皇帝が、敵対者たちを葬った奇抜な処刑法」……。それは、彼らの頭上に薔薇の雨を降らせて窒息死させるというものだった。華による殺人、厄（plaie）と雨（pluie）、薔薇の雨。ボードレールと（ほぼ）同時代人のリジューのテレーズやライナー・マリア・リルケの薔薇とは、また違った趣があるではないか。

この題名は彼方から——幼年からやって来た。

★5　C・ピショワ、J・ジーグレール『シャルル・ボードレール』渡辺邦彦訳、作品社、二〇〇三年、一二四頁。

一八六〇年の悪は、わたしたちの三千年紀の悪ではない。悪の根本性（カント）がいよいよ強大かつ、陳腐な（アーレント）かたちで表われる、そういう手合の悪ではない。悪は走るとオーディベルティは言った。第一次大戦以降、悪は世界を駆けめぐる。

『悪の華』の説得力、「転覆」力、スキャンダラスな挑発効果は、弱まってしまったのだろうか。まあそうだろう。今日の若者にとって、この本に「学ぶ」ところなどいくらもあるまい。人殺し昔からテレビで見てきたような「現実」の悪事など、この本はろくに教えてくれまい。とうの昔の葡萄酒、遊蕩、売春、否認。どんなタブーも今日ではみな許されているのだから。とうの昔から〈三面記事〉は私的領域をはみ出し、出版広告を通して公開されている。とうの昔からポルノグラフィは商品化して「氾濫」している。とうの昔から文学をめぐる猥褻裁判☆3などありえない話となっている。（「小児性愛」などの）「私的」な犯罪に関する訴訟が大々的に起こるいま、風俗の進展ぐあいは「万人」の知るとおりだ。

とはいえ、はたして問題はそういうことだったのだろうか。ボードレールの「断罪詩篇」のひとつ、「陽気にすぎる女性へ」を読んでみたい。わたしの好きな作品だ。

☆3　ポンピドゥー政権下、ベルナール・ノエルが『聖餐城』をめぐって起訴されたのが最後だった。あのとき、知識人は団結して彼のために立ち上がった。

（……）

嬉々としたきみの肉体に罰を与えてやりたい、
赦されたきみの乳房にアザを残してやりたい、
そして、動転しているきみの脇腹に
深く大きな傷を開けてやりたい、

そして、目の眩むような心地がするよ！
より鮮やかでより美しい、
その新しい唇から、
わたしの毒を注ぎ込んでやりたい、妹よ！

詩《ポエジー》は写実小説とはなんの関係もない。この一節は梅毒礼讃の描写などではなく、恐ろしい「決闘」[☆4]の場景を拡大してみせたものである。この「エロティック」な恋愛抒情詩は（時代錯誤を承知でラカンを引用するなら）「性的関係の不可能性」を描いている。というか、性的関係を築くことが人間にとっていかに難しいかを「性交」を通して描いている。妹であり子である女性に残虐な挿入[☆5]を「やる」という近親相姦を通して。夢とファンタスムの力を借りた、あってはならない性交を通して。深く大きな傷、より鮮やかな唇、この悪の華はイメージなのだ

☆4 『華』の三十五番の詩。
☆5 『内面の日記』には「残忍さと愛の密接な関係」について「（……）愛は拷問や外科手術によく似ている」（『火箭』（三））とあり、以下にその描写がつづく……。『火箭』（一一）にも「愛の営みには拷問や外科手術とよく似たところがある」と書かれている。

——そこに愛があるかぎり。

悪をもって美をなす、悪から美を引き出そうと「いま」試みる、ボードレールはそう言った。では、美をもって悪をなすことはできるだろうか。詩《ポエジー》には悪をなすことができる。★6 美しい詩は——本物の詩は——悪《マル》〔痛み〕の経験から生まれたのだ。悪のうえに芽生えたのだ。

自身が打ちあげた巨大な『火箭』の最後で、詩人は「世界の終わり」の根因として「心の堕落」を危惧していたが、いま問題としている複雑なことを理解するためには、この重要なモチーフを考慮に入れておかねばならない。☆6「心の堕落」とは、遠回しに不治の病を意味しており、表現としては月並みなものだが、いったい何のことなのだろう。凡愚な「ブルジョワ」（とはボードレールが『火箭』で目の敵にする者の名だ）★7のせいで、凡愚な礼儀作法のせいで、道徳と美学の調和からなる制度が色あせて使い物にならなくなり、これまで認められてきた美と善、醜と悪という異なるふたつの紋切型の対比を、いちどシャッフルする必要があるというかのようだ。それができれば、憔悴した魂の美に対する感性をふるい立たせる最後の毒《パルマコン》＝薬となり、堕落した現代人の目をさます針となる。そのような可能性はまた、未知なるものの奥底へ飛び込み／新たなものを探しにゆこうというボードレールの至上命令に織り込まれてもいる——もっともこの命令は、ただ「新しさ」を訴えて、その発見者を一躍時の人に祭りあげる声

★6 「……に悪をなす（……を痛める）」（faire mal à）という表現には、転じて「……に有効である」という意味もある。ドゥギーは「詩は悪をなす」という論考でつぎのように述べる（*Le nouveau recueil*, n°52, 1999）。詩人の創意工夫が生む新たな言語表現（たとえば造語）は、既成の言語を「痛める」ものに違いない。しかし、それが詩人の自己満足的な遊戯でないのなら、言語に「悪をなす」ことは言語に「有効である」、つまり言語に「善をなす」。

☆6 「世界は終わろうとしている」、『火箭』（一五）。

★7 司法と結託して芸術に背いたブルジョワを糾弾する『火箭』（一五）に加え、『赤裸の心』（四六）ではルーヴルの裸像の前で赤面し憤慨した女性の例をあげ、芸術に道徳を求めるブルジョワの凡愚さを嘆いて

ではなく、「断罪」された者がもつ決して「赤裸」になることのない秘密を、〈人間の条件〉という難解な真理を求める声として聴かねばならない。真理を求めるには、人々が耳にしたくないものに浴びせる罵詈雑言などかえりみず、地獄へ降りてゆかねばならない（「かまわない！」）。そしてこの地獄めぐりから、「棚のうえに奇妙な花々」〔「恋人たちの死」（一二一）〕を咲かせる詩とともに、「詩人」はふたたび昇ってくる。

いまなお未知なままのものの奥底で、悪と不幸が、悪意と害意が、ある深刻で消えない不満をもって「文明」を脅かしている、とあえてフロイトを援用してみよう。彼こそは、呪われた世紀の終わりに、「断罪されるべき」ものすべてを分析の光で照らし出した人なのだから。

「咲く」という言葉にすこし耳を傾けてみたい。……の状態で咲く（fleurir-en）。タルブで、どこかで、ロゴスが咲く。これは、着色やつけ足しやうわべのようなものとみなされつつある「修辞」としての「咲く」という意味ではない。修辞の花は隠喩の隠喩ではない。もっとも、隠喩など存在しない。物の存在論には……のようなが暗黙のうちに含まれているのだから。思考と道は似たもの同士で、そろって現われるものだ。思考とは筋道をたどって進むものである。道とは方法〔mét-hode：……への道〕であり、導くものである。

いる。ゴーチエ『モーパン嬢』序文にも読まれるとおり、すでに復古王政期にはオペラ座のダンサーの衣装の丈を伸ばし、裸像の恥部を隠すという風紀政策が実施されていた。『悪の華』もまた、公衆道徳良俗紊乱の罪で六篇の詩を「去勢」されることとなった。

……の華。属格《の》は、一方によって他方を、他方によって一方を生み出す。属格の力、生殖能力、分娩は二重である。客観的であり主観的である。

*

『哀れなベルギー』の冒頭から、ボードレールは「住むことのできない世界」という言葉を使っている。人は無邪気にも、愚直かつ愚昧にも、「悪はどこにあるのか」という紋切型の問いばかりを投げかけてしまうが、この問いではボードレールの言葉の広がりは測れない。

わたしたちは〈悪〉とともにいったいどこまで来たのだろう。『華』の五十四番を借りて言えば、いよいよ「取り返しのつかない」〈悪〉とともに。[☆7] 取り返しのつかないものは、わたしたちのなかに穴を掘り、もうわたしたちのもとをはなれない。悪とは常にもうなされてしまったもの。いっそう原初的な、内なる罪となってゆくもの。

ならば〈善〉はどうか。消えてゆくまでだ。どうだろう、わたしはかつて善い行ないをしたことなど本当にあったか。わたしには自分の善行など思い出せない。〈善〉は加算名詞ではない、勘定に入らない、物の数に入らない。かつて〈善〉はあったのだろうか。わたしが犯してないものは何だろうか。何もないのだ。

☆7 「取り返しのつかないものが呪われた歯で蝕む……」。

いまなお、わたしたちのためのボードレール

ボードレールは『哀れなベルギー』の冒頭でくり返される「冒頭」という見出しのひとつに、こう書きつけている。

> わたしにとって世界は住むことのできないものになってしまったと、わたしたちには言えようか。

世界と住むことのできないを強調させてもらった。これはいわば馬のひづめにつける蹄鉄のようなもの、これを打ちつけることで、わたしはこの一文をわたしたちの岸辺へ、二十一世紀「冒頭」の「詩学」の網目のなかへたぐり寄せてみたいと思う。

世界はどこまで来たのだろう。住むことのできる世界とわたしたちは、いったいどこまで来たのだろう。これはエコロジーに関わる不安である。

ボードレールは「地球」とは言わない。世界とは、思想にとって、そして誰にとっても大切な言葉のひとつだ。詩学にとってもエコロジーにとっても、大切なのは世界と地球上のものの関係である。エコロジーとは家《オイコス》についての言葉《ロジー》であり、ともにここに住むための言葉を話すことである……。わたしたちはどういう意味で地球「外」生命体となるのだろう。

シャルル・ボードレールがあたかも今日の状況を物語っているかのように、彼の思想をつかんでたぐり寄せてみよう。そうして、十九世紀末に自身が予言した「世界の終わり」☆8を生きた詩人の死から今日にいたる長い時のなかで、わたしたちの生みの親である世代間の順序は問わずに、世界について考えられてきたすべてのことを、つまりは多くの哲学を、彼の思想につけ足してみよう。

と同時に、反対に十九世紀冒頭にさかのぼって、ボードレールはヘルダーリンを読みはしなかったが、彼の思想のうちにドイツ・ヨーロッパロマン主義の命題を聴きとってもみたい。その命題をわたしは疑問形でこう表わしてみよう。「だが人間は、詩的に、住むのではないだろうか」☆9（Dichterisch aber wohnet der Mensch）。ドイツ語では世界《ヴェルト》も住まい《ヴォーヌング》も疑問を投げかける言葉なのだ。

ボードレールの究極の問いには、なんとも奇妙な響きがある。「……と、わたしたちには言え

☆8　「世界は終わろうとしている」、『火箭』（一五）。

☆9　ハイデガーはヘルダーリンの五番目の主要な「ライトモチーフ」として、この一行［「明るい青空のなか」］（Hellingrath, VI, p. 25）を引用している（Martin Heidegger, *Approche de Hölderlin*, Gallimard, collection Tel, 1996, p. 41）［「ヘルダーリンと詩作の本性」『ハイデッガー全集』四巻（創文社）］。

ようか」。このわたしたちとは何だろう。「わたしには言えようか」の（威厳の一人称ではなく）謙遜の一人称のようなものかもしれない。だがこのわたしたちは、今日のわたしたちを見据え、見越し、審級化し、新たな状況のなかで同じ問いを問い直させてくれる主語でもある——二十世紀、二十一世紀という状況のなかで、進歩しつづける「進歩」という状況のなかで！

このわたしたちは〈審判〉のわたしたち、すなわち最後の審判のわたしたちでもあるし、〈精神〉の審級でもあるし、〈歴史〉のうえで常にそこだけ突き出ている指針でもあるし、神の位置を占めてもいる。つまり超人の位置を、相対的な（経験的な、世俗的な、歴史的な、定点の）観測地点をはなれて、〈歴史〉の端から端へと（プラトンの天からウィトゲンシュタインの「神秘」の視点へと……）超越的に翔けてゆく人間の位置を占めている。

「何のための詩人か……」。今日この問いを問い直すとき、ボードレールの作品は、彼の詩と思想性は、わたしたちのためにどのように活かすことができるだろう。詩的にこの世界に住むとは何かという問いに対して、文化的な役割が安易で月並みな回答をするかぎり、この問い直し自体がいよいよ矛盾をはらんだ空しいものとなってゆくのだが……。「詩的に」住むとは、話す存在として住むということだ。自分がここにいることに驚き、愛着につながれ、ギリシア哲学でいう「奇蹟的」な、ノスタルジックな、オデュッセウスのような存在として、「ついに」そこへ連れて行って（連れ戻して）くれる帰郷（ヘルダーリンの言う帰郷《ハイムクンフト》）を待ち焦がれている存在として住むということだ――だが、こうしたことは問題ではなくなりつつある（ゆえに最近の世代にとって〈ロマン主義〉は理解しがたいものとなりつつある）。なぜなら、文化経済的グローバリゼーション（mondialisation）が、たとえ地球を滅ぼすことになろうとも、別世界もなければ背後世界もない、住むことのできるただひとつの世界《イメージ》（monde）の統一を予告しているからだ。絶えず改良をかさねて形成・変形する「ロボット」の似姿として、偏執狂的な物欲をプログラムされた消費者型人間となった住人は、地球「外」生命体である。この住人には、死ぬということが、話すということが、重みが欠けているからだ（つまり、この星の存在というよりも「宇宙」の存在なのだ）。

わたしはふたつの流れにそって考察を進めたい。まずは、わたしたちがボードレールの同時代人であるかのように、ボードレールをアナクロニックに読み直してみたい。と同時に、カタクロニックに、ボードレールがいまなおわたしたちの同時代人であるかのように、わたしたちのもとに、わたしたちのために、彼を巻き込み、連れてくることで、彼の定理とわたしたちの不安をすりあわせてみたい。ボードレールとわたしたちを隔てる六つの世代、〈未曾有の事態〉という底なしの句切りに分断されたふたつの時代（説明するまでもないが、二度の世界大戦が勃発し、ヨーロッパではユダヤ人絶滅計画が恐ろしいジェノサイドを生み、日本には二発の原子爆弾が投下され、チェルノブイリと福島で原発が爆発し、人口順位が変動し、赤貧にあえぎ援助を必要とする膨大な人口によって汚れた地球の棄球化が進み、そして最後に（?）「デジタル革命」によって現実は画面のなかのイメージとなった……これだけのことがあってもなお、一八五〇年から二〇一二年までの世界が不変的かつ内在的に「同じ世界」であると、どうして信じられよう）……しかし、この句切りを越えて、ボードレールの作品は、わたしが詩学と呼ぶものは、わたしたちに語りかけてくる。言語のなかで、フランス語のなかで、はるか彼方からすぐそばから、わたしたちのもとへやって来る。どのようにして、何のためになるのか。いまなお、なぜボードレールなのか。

というわけで、移送作業をはじめよう。『火箭』の十五番に描かれた世界とは異なるもうひとつの「世界の終わり」が、わたしに言わせれば文化的な潮流を支配しているこの時代に、ボードレールを移送《トランスフェール》しよう。キリスト教信仰を、敬虔《ピエテ》さと憐《ピチエ》れみを、すなわちピエタを撤回した彼が「神秘の本性という的」☆10 のもとに集めた名残や聖遺物を、「高度資本主義時代」（ヴァルター・ベンヤミン）の下り坂にあるというこの時代に伝えよう。いまはわたしたちが渡し守となり、過去をその喪失に変える番なのだ。張りつめた神秘☆11を降架し、冒瀆する役目を引き継ぐ番なのだ。

☆10 『悪の華』の百番から聴こえてくる（「芸術家たちの死」（一二三）。初版では一〇〇）。

☆11 「わたしはこの敬虔な魂に何と言うことができるのだろう」、「神秘の本性という的を射抜くために」。一九三六年のハイデガーの言葉を借りて言えば、このふたつが解釈学的なベクトルをもつ大きな「ライトモチーフ」であると、ここであらためて述べておく。

謎の男と天上の者たち

「天ハ神ノ栄光ヲ物語ル」（アウグスティヌス）
「スガナレル！　天だとさ……」（モリエール『ドン・ジュアン』）
「わたしは雲が好きだ、不思議な雲が」☆12（ボードレール）

天空。空、天蓋★8……。空の歴史。

ヘルダーリンは「天上の者たち《ヒムリッシェン》」を呼んでいた。ハイデガーは、哲学を継承しつつも、形而上学と詩《ポエジー》に線引きをしたうえで、その思想のうちに「天上の者たち」を迎え入れていた。神を信じることのない「古典主義」時代の文化人たちは、天上に住む者たちを天井に住まわせていたが、それは物まねや見せかけでしかなかった。ベッドの丸天井《シエル》や礼拝堂の天蓋《シエル》で——神々は、神は、神話の舞台を長らく演じてきた。最後の審判を、キリストの昇天を、小天使を、プットを、ムリーリョが描くような天使を、やがて観念的存在《ありもしないもの》となったものを……もはや天使や半神などありもしない。いかなる半神の顕現をもってしても、神的なものへ現象学的に到達できなくなった時代に。作品、わけても書物にしか天上の者たちを語れなくなった時代に。彼らはいま、どこにいるのだろう。彼らの居場所はもはや空ではなく、本のなかだ。その一方で、

☆12　最初の散文詩は「異邦人」と題されている。彼は「謎の男」と呼ばれている。「なあ、風変わりな異邦人よ、きみの好きなものは何なんだい……」。

★8　順に cieux、ciel、ciels。cieux と ciels は ciel（空）の複数形。ciels には「絵画に描かれた空」の意味もある。

ロケットが地球の美しい被膜に穴を開けてゆく。

ボードレールは天上の者たちに祈らないし、呼びかけもしない。彼はロマン派ではないのだ。彼にとって天上の者たちは「不思議な雲」となった。天空とは空の天蓋である――それはときに、蓋のように重くのしかかる〔『悪の華』三版「蓋」〕。雷雨、天の河、星月夜、星雲、宇宙――古典主義時代にはまだ大気現象などと呼ばれていただろう、けれど、それは不思議な雲なのだ。「異邦人」とは不思議な雲を愛する者の名だ。詩人とは、いまもなお雲と言うべき、雲の雲と言うべき異邦人なのだ。神秘の本性という的、それは雲のことなのだから。

絵画の歴史。ティエポロも、コンスタブルも、ターナーも、モネも……もはや空を描いた絵画しかなかった。芸術のための芸術などかつて存在しなかった。空のための芸術だけがあった。空を描いてみせるには、よく似せねばならなかった。空を「うまく表現して」元通りにせねばならなかった。模写技術だ。空を模すことはやみくもな模倣とは違う。空はそうしなければ表現できなかったのだ。静寂というものがしばしば、音楽や、間をあけておく響く農村の鐘の音から生まれるように。

今日ではそういう仕事は写真に任されている。空が描かれなくなったのは（教会に空を描くなまはいまはいどもはや考えられない)、きっともう絵画も空もなくなったからだろう。もちろん、いまはいまで他の物がある。でも、それはもう物のうちにはない。人々は探しつづけている。「いまのところ」★9、ゼブラ模様も、タギングも、インスタレーションも、もはや空を生みはしない。

★9 en attendant：直訳すれば「待ちながら」。『ゴドーを待ちながら』のゴドーはやって来なかったが。

わたしたちのために……？

どうしたものか。何の助けを借り、どういう方向で移送すればよいものかとわたしは考えていた。

この問いには何よりもきっと、わたしの一番大切な借用証書をもって答えるべきだろう。哲学と詩《ポエジー》という共有地の借用証書をもって。この共有地はわたしが相続した住まいであり、わたしはここを詩学者の思想、すなわち「詩学」と呼ぶことにした。ここは「詩人」と「哲学者」の肩書きをもつ人々に与えられた詩《ポエジー》と哲学の調停の場であり、一方の頂から他方の頂へ跳ぶための浮揚の場とも言えるだろう。両者をないまぜに経験しながら覚えた混血の母語と呼んでもいい。哲学の言葉と物は——たとえば「超越」は——天やイデア界から降ってきたわけではなく、そこには共通の、意味が詰め込まれている。この意味は誰しもに共通の、誰もが分かちあうことのできる詩的経験からやってきたもの、届けられたものだ——たとえば「高翔」[☆13]という経験のように。これはなにも、秘伝を授かった人間や言語学に通暁した話者のためだけにある経験ではない。哲学の言葉と物はむしろ、万人の言語のうちにある。人にこの言語を話させ

☆13　三本目の『悪の華』。

る作品、すなわち「文学」のなかにある――この言語は、めいめいに太古の起源をもち、いまも歴史化される過程にあるさまざまな土着言語のひとつであり、その内側では人類の思考の言葉が果てしなく変化しつづけている。

言語にはこの特権的な関係がある。「詩的」という術語が示すこのような言語能力[☆14]のありかたに重きを置くとき――そこにはつぎの前提がある。論理性と文法と修辞は、同じ一本の縄を綯る小縄であり、同じひとつの存在者をなす成分であり、人が話すために必要な同じひとつの条件をみたす超越的名辞であり、おそらくは、同じひとつの物の三通りの様相の名前である。この前提に議論の余地はない。三つのうちのどれかが他のどれかよりも表層的であるということはない。昔の世界――ボードレールの世界――では、修辞学級の「論理および文法の分析」でそのことが教えられていた。ボードレールいわく陶酔した人間が用いる「喚起のための魔術」[★10]、すなわち詩とは、「諸能力の女王」[☆15]と呼ばれる想像力と「文体」のふたつからなる文彩という魔術であり、ここでは前提として「修辞学」が文法学と論理学と同じ超越論的な深みをもっている。

わたしの目的は、批評でも考証でも純理でもない。いまいちど仮説をくり返そう。「あらゆる

☆14　メルロ＝ポンティはこの力を、物の「そばにある力」と呼んだ――むろん、これは魔法のたぐいではない。

☆15　申し訳ないが、わたしはどうしても「おお想像力よ……」というダンテの有名な三行詩を引きたくなってしまう（『神曲』煉獄篇十七歌）。

★10　「言葉のなかには、御言葉のなかには聖なるものがある。それゆえ運を天に任せるように言葉を用いてはならない。言語を巧みに操ること、それは喚起のための魔術のようなものをかけることに等しい」（「テオフィル・ゴーチエ（一）」）。『人工楽園』などにも同じ表現がみられる（一四五頁―一四六頁の引用参照）。

手を尽くして続けられている」今日の詩学（あえて副題をつけた拙著の題名でいえば「絶望のエネルギー」）に「役立つ」ようにボードレールの詩学を奉遷《トランスラティオ》★11し、引き継ぐこと。それを企てる者は、「わたしはこの敬虔な魂に何と答えることができるのだろう」という問いを自分自身に問いかけられたものとして受けとめねばならない。マリエットの魂のかわりに、マリエットの魂の立場で、この言葉を受けとめねばならない。「この」というからには、ボードレールの魂の立場にも立たねばならない。この魂とは、彼自身の魂、絶えずみずからにも語りかける詩人の魂でもあるのだから。☆16 そしてそれは「わたしの魂」でもある。つまり、一八五七年に呼びかけられた最初の偽善の読者の、はるか遠い子孫にあたる読者の魂、生き長らえた人間の魂、まだ敬虔さというものがなにがしかの意味をもっている人間の魂、「アノ時代ニ」書かれた作品でありながら、すでに今日的な意義を帯びていたこの「ピエタ」の詩の舞台にあがる人間の魂でもある。そしてこの舞台のうえで、敬虔さ《ピエテ》は憐れみ《ピチエ》となる。

この講演の準備中、わたしは独自の講演タイトルを模索しながら、自分で考えたつぎの異文をなんとなくボードレールに言わせてみた。「わたしはこの敬虔な魂たちにどんなふうにうまく言うことができるのだろう」。もとの詩をいっそう、いよいよ散文的にしたわけだ。第三の現代性《モデルニテ》、つまり今日の現代性を、ある哲学者〔マルセル・ゴーシェ〕はとかく「宗教的なものからの脱却」と呼んでいる（むろん多くの伝統完全保存主義者《アンテグリスト》は毎日のようにそれを否定している）。

★11　*translatio*：「ある物を別な場所へ移す」という意味のラテン語で、キリスト教の文脈では「聖遺物の奉遷」を表わす。聖遺物の奉遷（*translatio*）とは、その解釈（translation）であり、その相続に他ならない。この語には「隠喩」という意味もあり、ドゥギーの辞書では「寓意」とも深く関わる。本書のキーワード★61も参照。

☆16　四十二番の詩をみよ。「今宵のきみは何を語ってくれるのか、哀れな孤独の魂よ」。

わたしたちのために……？

〈詩〉と呼ばれているものは詩散文であり、いっそう散文を響かせねばならない。ボードレールをめぐってそう言ったのは、ヴァルター・ベンヤミンだ。脱宗教的な現代性が一方にあり、他方にこのベンヤミンの命令がある。いわばこの二重の圧力のもとで、わたしはこの詩をわがものとした。

*

イヴ・ボヌフォワとは違って、わたしは直観と概念を、アイステシスとノエシスを、何度でも赤く熾る燠火のようなボードレールの象徴の詩学を用いて溶けあわせてみたいと思った。ボヌフォワほどボードレールとマラルメを引きはなすことなく、それでいてこの二人の決定的な違いを保ったままで。

わたしたちのためにと考えたとき、マラルメはボードレールほど現代的ではないのだろうか。もしそうだとすれば、その理由は何だろう。

ボードレールは彼自身にとって苦しみの種であった虚無主義《ニヒリズム》を後世に伝えながらも、不可知論的な敬虔さを手放さなかった。虚無主義を完成させつつあるわたしたちは、そんな彼の虚無主義を仲立てとして必要とした。それが理由である。

「虚無主義」とはなにか。〈悪〉と否認と冒瀆とサタンのもとに咲いた『華』は、むろん敬虔の書とはみなされなかったし、ボードレールの香りは——裁判が証明するとおり——彼自身迎合する気のさらさらない「ブルジョワ」たちの鼻孔をくすぐりはしなかった。キリスト教という母体から身を引きはなす不信心者の身ぶりや行為や言葉、ボードレールにはじまるそれを、わたしは前言撤回《パリノディ》と呼ぶ。その後まもなく一九〇五年の政教分離によって「宗教的なものからの脱却」はひろく押し進められ、まさしく私的領域の外へ波及することとなった。だが、キリスト教の伝統の終わりの詩学が保つこの不信心者の言葉には、いかなる弁証法的な意味もない。たとえ事実に「到達」していなくとも、事実としての歴史性が「信仰」によって表明されているものは、真実でありつづける——ただし、それは「解釈」されるものでなければならない。解釈とは、さまざまな言語に翻訳して理解することのできる人間的な概念をもつ意味に変え、芸術作品として示すことである。

大切なのはボードレールに賭けてマラルメを切ることではない。マラルメの「虚無主義」は無そのもの（および「無の実感としての空虚」）との対峙であり、はるかに根源的なものだ。敬虔な魂たちとはなにか。ボードレールにとっては、母親であり、ジャンヌであり、マリエットであり、瀕死の彼がつぶやいた「ちくしょう」である。マラルメにとっては、アナトールであ

り、二人の女性であり、「愛しい女性たちよ、すべてを燃やしておくれ……」という死の声門破裂音である。★12

わたしたちにはふたつの夜が必要なのだ。ひとつには、星のまたたくマラルメの夜。それは、数式のように（「あたかも」）無限の点が散る黒いタブローに直面した「難破の淵」にある言語には「決して」均衡を保つことのできない夜だ。そしてそんなマラルメが礼讃するボードレールの夜は、「被った恥辱を拭い去ってくれる」パリの夜だ。街の灯心が不滅の恥丘をともし、「死にいたるとしても吸いつづけるべき」ガスの渦まく夜だ。

★12　ジャンヌ・デュヴァルはボードレールの恋人。「白鳥」（八九）で「結核をわずらい痩せこけた黒人の女」とほのめかされるとおり、混血の女性であった。最晩年のボードレールは失語症を患い、「ちくしょう」という言葉をくり返していたという。マラルメの息子アナトールは幼くしてこの世を去った。マラルメ自身は咽喉痙攣による死の前夜、愛する妻と娘のふたりに宛てて未発表原稿を残らず焼却するよう遺言状をしたためた。つづく段落はマラルメ『賽の一振り』および「シャルル・ボードレールの墓」（六五―六六頁）からの引用で編まれている。

読解の矢——詩は射抜く、詩は波打つ、詩は棄教する

わたしがこよなく愛する彼の作品の読みかたは、決め手となる何本かの矢に方向づけられている。このことは、一二三番の詩の一連の四行の言葉とこだましている。「おお箙よ、わたしはいったい何本の投げ槍を失えばいい」。的を射抜かんとする射手のトポスである。

わたしはいったい何度この鈴を振ればいい、
陰鬱な戯画よ、うつむきがちなその顔に何度口づければいい。
神秘の本性という的を射抜くために、
おお箙よ、わたしはいったい何本の投げ槍を失えばいい。

わたしたちは巧緻な企てをくり返し、心をすり減らさねばならないだろう、
重い骨組みを山のように解体せねばならないだろう、
偉大な〈創造物〉をしかと見つめるためには、
嗚咽が漏れるような、地獄のような欲望の源を見つめるためには!

みずからの〈偶像〉を見ることなく終わった者たちもいる、
地獄落ちを罰せられ、侮辱を刻み込まれ、
みずからの胸と頭を鎚で打ちながらゆく彫刻家たちには、

薄暗く怪しいカピトリウムのような、ただひとつの願いがある！
〈死〉が新しい太陽のように超然と立ち昇るとき、
この脳の花はきっと咲きほこるのだという願いがある！

――「芸術家たちの死」（一二三）

この一二三番のソネットを読みながら、いくつか指摘してみよう。

三行目には「神秘の求積法（*quadrature*）」という異文があるが、この言葉は（数学における）不可能なこと（「円の求積法」は「解決不可能な問題」という意味）、そして詩の四行連（*quatrain*）を思わせる。

九行目の脚韻には「偶像」（idole）が置かれているが（「カピトリウム」（capitole）と韻を踏む）、ここはイデアや〈理想〉といった語でもおかしくないところだ。

七行目では神秘という的を「創造主」ではなく「創造物」と呼んでいる（「偉大な創造物をしかと見つめるためには／嗚咽が漏れるような、地獄のような欲望の源を見つめるためには」）。だが六行目には、そのような探究の苦しさ、つまり「飛び込むこと」の苦しさを物語る「魂の疲弊」のあとで、「重い骨組みを山のように解体（*démolir*）せねばならないだろう」とあるので驚いてしまう。

……「解体」？　この頃はまだ「脱構築」とは言わなかった——わけても彼が解体したのは「韻律法」という骨組みだ。ピエール・ミションに言わせれば「横木」の解体だ。この解体（*démolition*）には（接頭辞の「否」（*dé*）を強調するのは、幻滅（*désenchantement*）の時代にまき散らされた否の連発（*coups de dé*）を連想してもらうためである）詩と散文詩のふたつに増やす（分ける）（(*dé*)*doublement*）という作業もふくまれていたはずだ。詩／散文詩ではなくて、韻文による詩散文／韻文に取り憑かれた散文詩と言ってもいい（わたしたちの「現代」のために、散韻文体《プロジメートル》の用法を複雑にすることが許されるとすれば）。

わたしは数ある詩篇のうち、百番の詩の末尾の二行と、敬虔な（pi-euse）魂という一語にぐっと焦点を絞ることで、この箇所を「序文」の草稿にみられる「しなやかなうねり」という表現と協和させてみたい。未刊に終わったこの「序文」のなかで、ボードレールはいちずなまでに母国語に耳をそばだてている。彼の母国語では、優れたフレーズや心地よいリズムを生むポイントは分音とeの無音化にある。★13 このふたつの仕組みは、一般的に適用するかぎりにおいて、フランス詩法の鍵となるものだ。ゆえにその複雑な要素を、あらかじめ題辞のようにはっきりと打ち出しておくべきだろう。この仕組みは、言うことを聴くこと〔*ouï-dire*：伝聞〕としての詩と、作者の詩学によって立ちあがる——「作者の人生の意味」もふくめた——意味のふたつにいちどきに関わることとなのだから。言ってみれば、この仕組みを解き明かすことは、「陶酔した」船の、酔いしれた船の針路を定めるべく勇気を振りしぼれという、韻文に宣告された至上命令なのだ。

*

『華』の最後の「死」というセクション（を締めくくる最後の十二音節詩句は、最もよく引用されることとなった。

★13　フランス詩法では、行末のeと母音ではじまる語の直前のeは「無音のe」といい、音節として数えない。« **Je contemple la terre, ainsi qu'une ombre errante** »（ラマルチーヌ）を例にとると、**Je**と**contemple**の末尾のeはつづく単語が子音ではじまるので音節として数えるが（有音のe）、**terre**と**qu'une**と**ombre**の末尾のeはつづく単語が母音ではじまるので無音のeとなる。**errante**の末尾のeも行末のため無音。つまりフランス詩法では、詩行内の単語の位置によって語末のeが——**qu'une**の母音省略（**que + une**）も含め——有音にもなれば無音にもなるというきわめて流動的な性質をもつ。また、単語内にふたつの母音（i、u、ou＋母音）が連続する場合、一音節とも二音節とも数えることができ、前者を合音、後者を分音という。

深淵の奥底へ飛び込もう、地獄でも天国でもかまわない、
未知なるものの奥底へ、新たなものを探しにゆこう

この「かまわない」は、ある種の棄教とダンテへの忠誠とを、いちどきに宣言している）、このセクションには「恋人たちの死」、「貧者たちの死」ときて、三番目に「〈芸術家〉たちの死」がくる。ボードレールは「詩人」ではなく「芸術家」とした。この語は、詩作《ディヒトゥング》をめざしたヘルダーリンの言う「詩人《ディヒター》」の訳語にふさわしいだろう（だが留まるものは、芸術家《ディヒター》たちが築く（Was bleibet aber stiften die Dichter）（「回想」））。この「死」の一連の三行で、ボードレールは「神秘の本性という的を射抜くために」と言う（発話する、と言っても驚くにはあたるまい。詩もまたひとつの発話であり、詩の「発話行為《エノンシアシオン》」には公表《アノンシアシオン》や告発《デノンシアシオン》が隠れているかもしれないのだ）。

「神秘学」とは、まるで人が昔からその内側に住んでいるかのように、すべての問題を立ちどころに照らすものではない。その名はむしろ、神秘の新たな使いみちを考えさせるものとしてある。神秘という観念を様変わりさせ、神秘という意味を変容させ、その懐に分け入るためのものとしてある。

« Que pourrais-je répondre à cette âme pieuse »（わたしはこの敬虔な魂に何と答えることができるのだろう）という詩句は、pieuseを分音（pi-euse）すれば十二音節、合音（pieuse）すれば十一音節となる。

「死が」とふたつめの三行連は言う……「新しい太陽のように超然と立ち昇るとき」。それは黒い太陽だ。だが目に見える太陽だ。目に映るすべての光源だ。デューラーの《メランコリア》の水平線に高々と浮かび、死の喩えの位置に浮かび、この低い世界を照らすあの太陽だ。（芸術家の、たとえば「彫刻家」の）「脳の花を咲かせることのできる」太陽だ。「恋人たちの死」によって咲いたばかりの花とは異なる、「脳の花」が咲きほこる。人間（芸術家）はひとつの脳である、だが考える脳である——と言ってみようか。パスカルを現代風にアレンジして彼に応じようというだけでなく、思考《パンセ》を「小脳の認識能力」と取り違えてしまった、わたしたちの時代に抗するためにも……。

二元性

ボードレールの基本的な公理のひとつに人間の二元性がある（これは対概念やデュオや決闘など、さまざまな二重性の形に鋳造されている）。『現代生活の画家』の一章にはこうある。「芸術の二元性は人間の二元性の宿命的な結果である」。

（人間性の）本質にあるこの二元性は、わたしたちが近づくことのできるものだ。つまり、さまざまなカップルやデュオを並べる「一般的な目線」から記述かつ定義できるものだ。この二元性は慎重に（いろいろなカップルを混ぜこぜにせずに……）考えてみるべきだろう。ボードレールの「二元論」（とは形而上学ではなく、おそらくは方法論としての二元性である）を見失ったり歪めたりすることのないように。わたしたちはその遺産のひとつを受け継ぎ、引き受けようしているのだから（イヴ・ボヌフォワの卓越したボードレール「講義」にわたしが同意しかねるのは、彼がボードレールをボードレールのなかで「二分」している点だと言える）。

（a）はじめに注意すべきこと。構成要素たるこの二元性は、ひとつの葛藤であり、矛盾よりも根ぶかいものである。二元性とは、二者の関係（対称や非対称、対蹠や背反、左右対称や上下反転や可逆性といった多種多様な形、かみくだいて言えば、逆境や共犯の形を取りうる対話〔dia-logue：分かれた言葉〕の関係）という意味で「弁証法の可能な」ものである――とはいえそれは、なんらかの歩み寄りや、どんな一者の思想や形而上学的な二元論にも決して治すことのできない代物だ。二元性は分離し分裂させる。主体とは――わけても詩人とは――この奈落の、ボードレールの詩につきまとう深淵の、未知なるものの裂け目の住人なのだ。

〈善悪〉の区別もそのひとつである。ボードレールの悪意や敵意やよこしまな教唆癖がどんなものであれ、〈悪〉が〈善〉に取って替わることはない。しかし言ってみれば〈悪〉とは良いものである……〈美〉に対して良いもの、〈美〉のために良いもの、〈美〉のために経験として培われるものである。シャルル・ボードレールの作品の読者・継承者には『悪の華』だけでなく、『内面の日記』の頁が、『赤裸の心』の嘆きが、闇夜を照らす『火箭』が、仕事という最高善をひた求め、「しっかりとやる」という決意に取り憑かれた悔恨を語る「衛生」がある。〈善悪〉の区別は信仰と不可知論の区別とは重ねられないことをわたしたちは知っている。ひとくちに不可知論と言っても、疑念と呼ばれるもののゆらぎに応じて、そこには無神論や反神論といったヴァリエーションもある。ボードレールは実践を求めており、「宗教」に対する彼の思いは時間の使いかたに対する思いと表裏をなす。この地獄にあって「敬虔さ《ピエテ》」とはなにか。〈敬虔な魂に身をかがめる〉憐れみ《ピチエ》という類語をもつこの敬虔さとは、いったい何なのか。そのことを、本論のおわりに言葉にしてみたい。

……おそらく、「留まるもの」や聖遺物とは――「宗教の話などするだけ無駄だろう(……)。この分野では、神は存在しないとわざわざ口にすることが世のひんしゅくを買う唯一の行為なのだ」と最後の『火箭』が天に向かって言いはなったように、〈祈り〉の対象が死んだとき、仲介者であるマリエットへの祈りが死んだとき、つまりは神とその宗教が死んだとき――〈信仰〉なき祈りである。

(b)つぎに注意すべきこと。この「芸術の二元性をもたらす人間の二元性」については、あの有名な命題(詩的経験の根本思想である現代性《モデルニテ》)を思い出したい。あの「理性と歴史にもとづく〈美〉の理論」(『現代生活の画家』一章)は、〈美〉の美しさをふたつに分けている。〈美〉は可変要素と不変要素からなり、変数と定数からなる。そして両者はめいめいにヴァリエーションをもっている。〈美〉は永続的なものと、時代、流行、道徳、情熱といった状況に応じたものからなる。その成分や混成物を分析するのは難しい(単純なものとは……「単純に」まだ分析されてないだけか、デカルトの伝統のなかで、複合的なものを分析するという難業に必要な条件であるかのどちらかだ)。

G氏が心血を注ぐ仕事について、ボードレールはこう綴っている。「どんな現代性も、そのなかに人間の生活が知らず知らず注ぎこんだ神秘的な美しさが抽出されたとき、はじめて古代性となるに値する。」〔『現代生活の画家』四章〕

わたしたちの忠実なる不実。わたしが「前言撤回《パリノディ》」と呼び、わがものとし、いまなおわたしたちが悪化させつづけているものには、あらゆる解釈が必要だ。わたしたちの忠実なる不実、それはこの半々の理論を受け入れることにある。半々のそれぞれの項を修正しながら、ひいては両者の位置を入れ替えながら。うつろいやすく、様態的《モダル》で、ゆえに「現代的《モデルヌ》」な部分は、恒常的な部分となりうるだろうか。「聖遺物」を解釈の手段に変え、解釈項に変え、わたしたちの新たな定項とすることができるだろうか。かつての〈芸術家〉が与していた「宗教の戒律のもと」〔『現代生活の画家』一章〕にある部分は、単なる古代芸術となり下がり、きっともう二度と引き上げることのかなわない深みに沈められてしまったのではないだろうか。過去をその喪失に変えるとはどういうことだろう。そんなふうに考えてみると、「神秘」や「憐れみ」といったボードレールの言葉をいまいちど用いるには、その内在的な二重性に注意しなければならない。つまり「神秘」という語そのものを、この語の内側で、古い意味の「神秘」と変化した意味の

「神秘」に分かつ違いに注意しなければならない……。

わたしの目的は、ボードレールの芸術が生んだ〈美〉のさまざまな要素から、つまり彼の〈美学〉や〈詩学〉から（本質的なものを取りこぼさぬよう気をつけながら）独創的で、歴史的で、彼にとって現代的な部分（ダンディズムや〈悪〉の教唆癖といった要因と結びついた部分）を集めることだ。それはわたしたちの全容★14や維持のためにある、わたしたちのものなのだから（ただし、いま見たような変化を経たものでもある）。その一方で、大理石の〈美〉や、埃をかぶった象徴体系にもとづく象徴主義のような、伝統墨守の恒久的な「遺産」は……その喪失に変えねばならないのだ。

★14　contenance：（1）容量（2）様子。ものごとの内面と外面に関わる語であり、双方をいちどきに表わす語として「全容」の訳語を充てた。

二元性によって切りひらかれた底なしの裂け目や「深淵」。それは、ふたつの『批判』、〈悟性〉と〈実践理性〉、知と信、知る《ヴィッセン》と信じる《グラウベン》のあいだにカントが切りひらいたものであると論じられるだろうか。もしもカントとボードレールの深淵に相同性があるとすれば。

深淵はいよいよ広がり、「わたしたち」のもとへやって来る（この点は強調しておきたい。「わたしたちにとって」と「ボードレールにとって」のあいだにどれほどの隔たりがあるのかを知ることが、「神秘の本性」に向けて舵を取るこの本の目的のひとつなのだから。そのためにはもちろん、過去二世紀のあいだに生じた極のずれを勘定に入れねばならないが……）。

そんな時代の変遷のなかで生まれたふたつの実践判断を、ふたつの「教訓」を比べてみてはどうだろう。「もし神が存在しなければ、すべては許されるだろう」。これは十九世紀の表明というか「格言」であり――ドストエフスキーの言葉だが――ボードレールが言ったとしても不思議はない。カント式に言えばこの（ドストエフスキーによる）「仮言的」判断から、「神は存在しない以上、許されるものは何もない」という「虚無主義的」な現代版の主張に、いったいどうして移行できるのだろうか。容赦のない虚無主義の響く、このような主張に……（この主張はボードレールの現代性にもまして「現代的」であり、彼自身も首肯しかねたことだろう）。

高翔《エレヴァシオン》の原理

エレヴァシオンとは、言葉と物（「物そのもの」！）のふたつに分かれた同じひとつである。その意味を言うことによって、繊維のように分かれると同時に継ぎあわされるものである——エレヴァシオンとは、丘の頂きを意味すると同時に……から見ることというボードレールの原理（『華』の三番）を意味するものだ……。……から見るとは、ある視点から見られるものを見るということだ。つまりは此岸《ここ》と彼岸《むこう》の関係だろうか。とはいえ、彼岸（au-delà）とはあの世（Au-Delà）ではない。彼岸はここであり、ここをなしているものだ。超越《トランサンダンス》は上昇《アサンダンス》に、超越《トランサンダン》するものは上昇《アサンダン》するものに忍びこんでいる。「神」はエレベーター《アサンスール》で昇ってゆく……神の高みをめざしてあんまり高くまで昇ってはいけない（司祭や神学者は、たいていは女性によって地に降ろされることとなった）。

まなざしと知覚の違いは「詩的経験」の機会をあたえてくれる。

まなざしとはなにか、まなざしとはどのように留めるものなのか。なんらかの見えるものを見るとき、それを見る瞬間の審級「のなかには」、残留するものや保留したものが、影のようにつきまとう。思うに、目の動きは一瞬一瞬をなぞりながら即座に遅れているので、あるいはたぶん、つかんだものを手放したり取り違えたりしているので、見られるもの《ヴュ》は見えるもの《ヴィジーブル》に変わっている。そういえば、マルセルはどんな状況からもつねに遅れている人だった。まるでそんな遅れこそが、「それはヴェネツィアだった」という状況を構成するための、それを目前に迫ったものとして認識するための本質であるかのように。だが、わたしがいま問題としているわずかな時間差は、それよりもはるかに束の間の、いわばスナップショットのような「遅れ」である。なにかが「わたしの注意を引き」、つとふりむいて空を仰ぐ（「おお時よ、翼を休めよ！」〔ラマルチーヌ「湖」〕）。すると行雲は「驚くべき雲」に変わる、つまり雲そのものに変わる（雲が完全な同一性を得るとかいう話ではもちろんなく、雲が存在者としての、「現象」としてのありかたに変わるということだ）。わたしは雲を眺めながら雲を見て、雲を見ながらまた雲を眺める。

フランス語では、……である（être）と……を追う（*suivre*）という動詞の一人称が同じ活用形になる。これは幸運なめぐりあわせである。わたしはまなざしである＝わたしはまなざしを追う（je suis le regard）（「わたしのまなざしを追え」〔suivez mon regard：わたしの言いたいことがわかるだろ〕）見えるものは一瞬のまに、それを保留することに、見られるものを見ることに覆われる。まるではるか遠くの「無限」にはなれた場所から覆われるように。物差しで計ることのできる距離とは尺度の異なる、計り知れないほど遠い場所から覆われるように。わたしは地上をはなれることなく地上から遠ざかる。遥かなる夫人よ。★15「高翔」（ボードレール）によって、世界の外へ（ジャン＝クロード・ミルネールなら「宇宙の外へ」と言うところだ）遠ざかることによって。だが地球外生命体となるわけではないのだ。ダンテの天国は結局のところ、なおも「地上の天国」だった。彼は地上をめぐり、波瀾万丈な道の半ば、煉獄山から高みに連れられて天に昇ったのだった。

宇宙船に乗って地上をはなれることなく、他の星雲に向けて船を出す子供じみた「地球外生命体」となることなく、ここに留まる（ヘルダーリンのドイツ語で言えば住む《ヴォーネン》）にはどうすればよいのだろう。もはや故郷《ペイ》などというものは、ロマン派の帰郷《ハイムクンフト》という意味での故郷《ペイ》に「似た」★16ものでしかないとわかっているのに、どうすればそこに帰ることができるのだろう。人間は文字通りの地球外生命体となってしまったのだろうか――大いなる形象や喩えを人工物や物体として実際に作り上げる科学技術という「魔術」によって、いまや地球外生命体も文字通りに受けとれるものとなったのだろうか。それとも、「真理」（不安とその探究の究極の目標）を生み、保つことができるのは、人間が話すことや言うこと、すなわち思考の「作品」だけなのだろうか。「作品」のなかに引きこもり、たくわえられ、「抽象化」され、なにひとつ所有することのない、「それはヴェネツィアだった」みたいなもの。詩の言葉やフレーズ、詩の

★15　論旨とは関係のない挿入。中世のトルバドゥール（南仏の宮廷詩人）にとって、遠方にある「夫人」は「至上の愛」の対象であった。トリポリの伯爵夫人への愛を詠った十二世紀の詩人ジョフレ・リュデルには、この「遥かなる地の恋人」に会うべく十字軍に参加して夫人の腕のなかで息絶えたという、疑わしくも美しい伝説がある。

★16　「わが子よ、わが妹よ／思ってもごらん／かの地へ行き、ともに暮らす喜びを！／きみに似たあの故郷で／心ゆくまで愛し／愛して死ぬ喜びを！」（「旅への誘い」（五三））。

なかでわかること。「死さえどうでもよくなってしまう」――そんな語り手の、至福（ママ）のための「最後の言葉」★17。そういうものこそが「真理」なのだろうか。背後の世界《アリエール・モンド》ではなく、背後の故郷《アリエール・ペイ》なのだ。

＊

『華』の冒頭三篇は、高翔の原理を示している。「祝福」の「〈詩人〉は（……）敬虔な目で／空を見上げる」（正しくは「敬虔な腕を／空に向かって上げる」）。「あほうどり」の詩人は「翼の生えた旅人の、雲の王子の」同類だ。そして三つめの詩のタイトル「高翔」は、この原理の名をずばり言っている。この詩の一連には、上昇運動が描かれている。

池の、谷の、山のうえに、
森の、雲の、海のうえに、
太陽を越えて、天空を越えて、
星のきらめく球の境を越えて、

わたしの精神よ、おまえは軽やかに動いてゆく、

★17『失われた時を求めて』の語り手は、終章『見出された時』（最後の頁には Fin という言葉が記されている）で、ゲルマント大公邸の敷石でつまずいた拍子にヴェネツィアの記憶がよみがえった瞬間を「至福」の瞬間と呼ぶ。「ちいさなマドレーヌの味にコンブレーを思い出した時と同じだった。でも、コンブレーが心に浮かんだ時もヴェネツィアが心に浮かんだ時も、それだけでもう死などどうでもよくなってしまうほどの、確信にも似た喜びを覚えたのはいったいなぜだったのだろう。」

恍惚の波間をすいすいと渡る泳者のように、
愉しげに、無辺の広がりにひとすじの跡を残してゆく、
えも言われぬ雄々しい快楽のなかで。

この病める瘴気から遠く、はるか遠くまで翔けるがいい、
高みの大気のなかへ、その身を浄めにゆくがいい、
混じり気のない神の酒のような、
澄み渡る宙に満つあかるい光を飲み干すがいい。

靄に包まれた生活に重くのしかかる
倦怠も途方もない悲しみもあとにして、
力強く羽ばたいて、光と静謐の野へ
飛んでゆける者は幸せだろう。

朝方の空へ向けて、ひばりのように自由に
飛翔する思考を抱く者は幸せだろう、
――生を眼下に一望し、花の言葉や

声なき物の言葉を苦もなく理解する者は幸せだろう！

——「高翔」（三）

前置詞が「……のうえに」（au-dessus）から「……を越えて」（par-delà）へと移り変わるのが特徴的である。二度述べられる「……のうえに」は、池、谷、山、森、雲、海の六つの物を——つまりは地上を従えている。それから三度の「……を越えて」によって上昇は超越にいたる。あらゆる「大気現象」を越えて、いわば宇宙の外にいたる……。……のうえに（*super*）から……を越えて（*trans*）と、違いが明瞭に記されている。*trans* とは（a）移動すること（b）越えること（横に踏み出すこと、その向こうに踏み出すこと）。翔けるものはなにか？「わたしの精神よ、おまえは軽やかに動いてゆく」。ワタシタチハ神ノウチニ生キ、動キ、存在スル〔使徒言行録 17:28〕。どこまで翔けるのか？ そこから無辺の広がり（七行）や生（十九行）や物の言葉（二十行）をまとめて一望できる視点まで。

精神の眼《ヴュ》と生《ヴィ》。あらゆる視覚は精神の視覚であり、精神の視覚とは目のまなざしのようなもの、見ることのようなもの、つまりは知覚である。言いかえれば観照《テオレイン》である。観照とは見るようなこと、見るも同然のこと、……のように見ることである。見るとは……から見るということだ。無辺の広がりや生や物が「互いに」言葉を交わすように「照応」しあうのを見るまなざし。見るとは、視覚がそんなまなざしのようになる地点から見るということだ。世界のうえに「実際に」（みずからを引き上げながら）引き上げられねばならない。突出した視点（ロンギノスの崇高なる絶壁★18（ὕψος）、眺望が「はるか遠くまでひらける」場所）に、世界の内にありながらあたかも世界の外にあるような、世界内存在としてこの世界にありながら世界外にあるような視点に立たねばならない。詩は上昇運動や「超越」によって（ブルトンいわく）上昇する力を得ることで、神秘の本性という的を射抜くのだ。

言いかたを変えれば、見ることとは「直観」である。直観は全体を、無限を手中に収めうる。ボードレールはひとつの全体を「無限の縮図」と名づけ、それを見ながらこの無限という言葉を幾度となく口にした。考えながら見るとはどういうことか。この点について理論的に立ち返り、腰をすえて考える必要があるなら（実際にその必要があるのだ）、考えながら見ることには、換喩と象徴のはたらきがあると言える。考えながら見るとは、全体《すべて》のために全体《すべて》を見ることだ。★19 言葉で、一篇の「詩」で、全体を上演してみせることだ。このような思惟性（この語はノエシスの訳語にふさわしいだろう）は「象徴を生む」ものでもあり、ひとつの全体のためにあるもの、ひとつの全体に相当するもの、そういうものと結ばれている。想像力——一八五九年の聖なる「諸能力の〈女王〉」——とは、こんなふうに世界を見る力に、こんなふうに世界を演出することに与えられた名称のひとつなのだ。直観、想像力、言葉の言い回し。こういっ

★18　パスカル・キニャールが偽ロンギノスのヒュプソス（ὕψος）に充てた訳語。定訳の「崇高」（sublime）は高みを指すが、「絶壁」（à-pic）は深みに転回させる。「折よくやって来る（垂直に落ちる）」（tomber à-pic）という成句から、キニャールは「好機」（*kairos*）という意味も強調する。「絶壁とは好機だ。人間の足元に口をひらくものだ。深淵のように、垂直に落ちてゆく断崖のように。人間は深淵を避ける。ロゴスだけが人間を深淵に連れ戻す」（『思弁的修辞学』（*Rhétorique spéculative*））。

★19　voir le tout pour le tout: risquer le tout pour le tout（すべてのためにすべてを賭ける＝一か八かの勝負に出る）という慣用句をもじり、ボードレールの「無限の詩学」を敷衍している。なぜ「すべて」がふたつあるのか。なぜ一方は他方のためにあるのか。解

たものは、カントをたよりに検討する必要があるだろう。

五つめの四行連は、つぎのように発話する（そう、詩とは発話であり、提示である。詩もまたひとつの饒舌な思考であり、論証する思考なのだから）。「空翔ける思考をもつ人間」は、生を眼下に一望し、〈花〉の言葉を苦もなく理解する……声なき物の言葉を。

「高翔」や「照応」にみる「花の言葉」とは、コード化された象徴体系に則って、それを変化・変形させるための言葉――（復古王政期のトゥーレーヌ地方で）フェリックス・ド・ヴァンドネスがモルソフ夫人に贈った最初の花束の言葉、「愛の告白」のように夫人の頬を染め、胸に「語りかける」あの谷間の百合のような言葉――といったお約束の言葉というよりも、詩（「敵」（二〇））が「夢みる」新しい花の言葉のことである（忘れずに言えば、この花束の名は『悪の華』だ）。この花は、墓穴だらけのくぼんだ新しい土壌（シャルルの荒れ果てた生活）のなかに「活力をもたらす神秘という糧」を見出す花である。この「神秘」という語には、明らかに新しい意味を与えるべきであり、伝統的な意味の「神秘」に立ち戻ることはためらわれる。ボードレールは「神秘主義者」ではないのだ。そんな彼の言葉を聴くためには、『華』に収められた花々を、こうして三本目と十本目を並べてみせたように、互いに近寄せてみる必要がある。ちなみに、室内を司る神である猫は複数の詩の題名になっており、三篇目の「猫」

明されることのない重要な謎をふくむこの慣用句をドゥギーは好んでいる。

（六六）は「神秘的な瞳」という言葉で閉じられている。

子供のころに戻って、この世界には鳥や森の言語なき言葉を聴いたり話したりすることのできる「言葉の魔法使い」のような人間（ワーグナーというよりジークフリートがもつ英雄の「魔法」の力[★20]）が存在すると信じてみようか。それとも詩学を考えてみようか。

「照応」しあう声なき物の言葉を（苦もなく……）理解すること。話すとはまさしくこのことだ。とはいえ、鳥や「花の言葉で」話すことではない（牡蠣の言葉で話すことでもない。ポンジュもまた、物という「声なき世界」の側に立つ詩人であった）。なぜなら、物は黙しているからだ（ショーヴェ洞窟の偉大な壁画たちもまた、永遠の沈黙のなかに潜んでいることを忘れてはならない）。ロゴスをもつ人間は話す。言語で、論理《ロジー》で、自分の言語で話す。要するに、ひとつの土着言語で話す。自身の能力や技巧や洗練《プレシオジテ》（物の値打ち）によって、ヴァレリーいわく「魅惑《シャルム》」によって、キーツいわく「美しいもの《ア・シング・オブ・ビューティー》」によって、この言語を（ときどき……）誰より巧みに話すのが詩人である。美とは複雑なものだ。なぜなら美とは、物の美しさ、言語の美しさ、詩の美しさという三つの美を「見比べる」ものだから。物の美しさとはさまざまな物の見かけであり、言語の美しさとはリズムであり、そして詩の美しさとは、意味を求める詩の文意と音楽性（意味形成性と言ってもいい）の相同関係である。つまり、魅惑《カルメン》〔歌〕

★20　ジークフリートは、ワーグナーによる四部作の舞台祝祭劇『ニーベルングの指環』の主人公。三部『ジークフリート』で大蛇の返り血を浴びたジークフリートは、鳥の言葉を理解する力を授かる。

がそれ（物）について、詩という素材を用いて（他のさまざまな芸術のなかに（＝とともに）あるひとつの芸術に固有の素材、その芸術ならではの素材を用いて）言うことは、言うことが詩にもたらそうとするもの（詩の註釈者がときに「詩の意図」と呼ぶもの）の「真似」をしようとしているのだ……あくまでも、詩の言うことは詩の言うこととして保ったままで。[★21]

★21　詩の美しさとは、詩の主題そのものを、頭韻や脚韻といった詩に固有の技法を用いて表現することにあるということ（もっとも、詩の意味（「詩の言うこと」）は音韻効果のみでは説明できない、より不確かで謎めいたものとしてある）。たとえば萩原朔太郎の「竹」は、「竹が生え」という連用形（終止形ではない）の脚韻が生むリズムによって、止まることなく伸び上がる叢竹の恐ろしい生命力を「真似」している。

ここでひとつまわり道をして、シャルル・ボードレールの人生を見てみようか。彼の人生を、伝記を、数々の倦怠《アンニュイ》〔苦悩〕を。倦怠。この観点から、二元性のふたつの側面をなす「半々」について考えてみたい。

ボードレールの人生は——クロード・ピショワの精緻を極めた伝記は、一枚一枚皮をむき、一字一字つづりを綴るような手つきで、一月ごと、ほぼ一日ごとにボードレールの人生を追っている——数々の倦怠、すなわち落胆と潰走の日々である。アントワーヌ・コンパニョンはコレージュ・ド・フランスの二回目の講義で、[☆17]ボードレールが母に宛てた、息も絶え絶えの痛ましい手紙を読みあげた。数々の倦怠という倦怠は、彼の重要な詩素のひとつである——わたしは詩《ポエム》を「神話素《ミテム》」や「神学素《テオロジェム》」や「哲学素《フィロゾフェム》」と同音の語尾をもち、これらの語と相同関係にある詩素《ポ・エム》と発音することで、つまり「詩《ポエジー》の単位」や要素とみなすことで、批判的かつ「理論的」な、かつてここで使われていた[☆18]言葉でいえば「構造的」な考察を行ないたい。ボードレールの作品は、相当数の詩素を反芻し、変容し、練りあげている。倦怠とはそんな詩素のひとつ

☆17　アントワーヌ・コンパニョンは、本年度（二〇一一—一二年）はボードレールの作品についての講義を行なった。
☆18　……ここコレージュ・ド・フランスで。

であり、単なる主題のひとつにとどまるものではない。

「倦怠」という語は『華』に二十二回登場する。単数形もあれば複数形もあり、動詞もあれば形容詞もあり、数に入らない異文もひっくるめて、その姿はまちまちだ。倦怠《アンニュイ》にはひそやかな「夜《ニュイ》」の響きがあり、ここには「きみは傷つける《チュ・ニュイ》」という害意も聴こえてくる。倦怠という言葉は淫らな女性などに割り当てられ、さまざまな動詞をとり（「呑み込む」、「齧る」など）、深みや底といった言葉と幾度となく結びつけられている。倦怠はそもそも『華』の冒頭の「読者に」という地獄めぐりの詩から引き合いに出されている。兄弟に、同類に、偽善の読者に語りかける最後の四行連で、倦怠は何よりも……「下劣」な悪魔として堂々とあらわれる★22。倦怠は大文字で呼びかけられており、実体を伴う観念として、寓意として、「神的なもの」として認識されている。もはや神的なものなど無き時代に、このような実体に神的な意味を授けているものはなにか。それは、この実体がもつ世界規模のサイズであり、実在論的な、世界規模のテンソルである。〈倦怠〉はみずからが「呑み込まんとする《イモンド》」世界《モンド》と対になっている。倦怠は刈り込む《エモンド》もの、取り除く《デモンド》ものだ。ここには下劣との韻がある。世界。世界が世界であること。世界をなすもの。全世界をなすもの。つまりは〈すべて〉の名称のようなもの。倦怠はそれを欠伸ひとつであっというまに呑み込んでしまう。ひとくちの世界。クローデルは『詩法』のなかで、ひとくちの理解できるものと言っていた。だがボードレールにとってはひとく

★22 「さらに醜く、さらに性悪で、さらに下劣な奴がいる！／無闇に動き回るでもうるさく吠え立てるでもないが／ともすればこの地上を廃墟にしかねない奴がいる／欠伸ひとつでこの世界を呑み込まんとする奴がいる。∥それが〈倦怠〉だ！――奴は目には思いがけない涙をためて／水煙管を吸いながら、死刑台の夢を見ている。／きみもこの気難しい怪物を知っているだろう、読者よ／――偽善の読者よ――わが同類よ――わが兄弟よ！」（「読者に」）。

ちの苦々しいものであり、理解できないものであり、いずれにせよ呑み込めないものであった。

ボードレールには単調な十二音節詩句がよくあるが、このリズムは「凡作」[★23]を生むもので、ともすれば読者の気を緩める紋切型となり……よく検討すべき表現も包み込まれてしまうおそれがある。「目には思いがけない涙をためて」という表現がそうだ……。欠伸をすると涙が出るが、この反射的な涙は倦怠自身の倦怠であり、どんな涙も悲しみも、マリエットの敬虔な魂の「くぼんだ瞼からこぼれ落ちる」涙もみな、なんの区別もないただの涙に帰しかねない。まるで（詩人の）「わたしは何と答えることができるのだろう」さえ、このうえなく気だるい言葉に聞こえかねない……。

おそらく倦怠のうちにも二元性をなすふたつの要素、「半々」を見てとるべきだろう――なんでもかんでもふたつに分ける危険をふまえたうえで。この半々は互いに入れ替えることのできる、分かちがたいものであることを承知のうえで。

ひとつめは、根本にある倦怠、根本的な倦怠、形而上学的な倦怠、哲学の言葉でいえば実在論的な倦怠である。簡潔にして刺々しい言葉で綴られた『内面の日記』を苛んでいるのは、この

★23　「凡作を創ることは才能である。／わたしは凡作を創らねばならない」（『火箭』（一三））。

倦怠である。この倦怠にとっての他者であり、相対する宿敵であり、強迫観念である対義語が仕事である。二十世紀以降の知識人に言わせれば「エクリチュール」である。倦怠とは空虚であり、「虚無の味」がする（八十番の詩。「時は刻々とわたしを呑み込んでゆく」）。「敵」とはだれか。十番の詩には「おお苦しみよ、苦しみよ、時は生を喰らい／おぼろげな敵はわたしたちの心臓をむしばみ／わたしたちが失った血を糧に逞しく育ってゆく」とある。散文ではつぎのように書かれている。「この一分が何より大切な一分だと思っていまこそ行動し、〈仕事〉という日々の苦しみを永遠の快楽に変える時だ。」「この悪夢（時間）からのがれる方法はふたつしかない。快楽と仕事である。」「きみがもし毎日働けば、人生は耐えられるものとなるだろう。六日間休みなく働きたまえ」（「衛生」（一―三））……。詩とはワズカナモノ、ミジカイモノであり、プルーストのように失われた時から見出された時をすくいあげる仕事はできないというかのようだ。

ふたつめの名は「憂鬱《スプリーン》」である。倦怠の様態的《モダル》な、つまり「現代的《モデルヌ》」な側面である。流行の側面、イギリスかぶれのダンディーふうの側面、トマス・ド・クインシーのアヘンチンキとヴェルレーヌのアブサンの――阿片と緑の精の――あいだの側面である。憂鬱という語の成立年代は推定できる。この語は一八六九年に全散文詩のタイトルに用いられることになるからだ。★24 このうつろいやすい部分は、ボードレールにとっては「現代的」でも、わたしたちにとっては

★24　散文詩集は一八六九年刊行の全集にて死後出版となったが、このときの題名は『パリの憂鬱』ではなく『小散文詩』。

まさしく時代遅れであり、今日の現代性というかポスト現代性に先立つものだ。言ってみれば、十九世紀の首都パリのパサージュや、オスマンの大工事や、うす暗い街灯や娼家といった、当時の不動産や街路設備を映し出す初期のモノクロ映画のようなものだ。こうしたパリの〈廃墟〉や〈遺跡〉たちは、デュ・ベレーの『哀惜詩集』の子孫だが、★25 なにもみな、あるいは消えあるいは変わってしまった。「古いパリはもうないのだ（街の姿は／変わってゆく、ああ！　死すべき者の心よりも早く）」……「パリは変わってゆく」〔「白鳥」（八九）〕……。

このふたつめの半分は、かつては現代的だったが、今日ではぼろぼろに砕け散った。他方、変わらないもの（留まるもの……）や永久不変の富は、いまいちど賭さねばならないのだ……。ふたつの半分を調整し直し、（おそらくは未知なるものの奥底へ戻りつつある）古いほうの半分を調べ直し、わたしたちの新しい「物」のなかでそれを手に入れ直し、作り直す必要があるのだ……とはいえ、まだ物があるのだろうか。

★25　『フランス語の擁護と顕揚』で知られるプレイヤード派の詩人デュ・ベレーは十六世紀半ばにローマに移り住む。だが「ローマ劫掠」による荒廃や近代化政策によって変わりゆく首都で彼が目にしたのは、自身が夢見た古代ローマの「廃墟」でしかなかった。『哀惜詩集』をはじめとする作品にはそんな廃市ローマへの失望や祖国フランスへの望郷の念が詠われている。ドゥギーはミューズの消えた都市に残された「否定性」や「無為」の力（「わたしは書かない」と書く力）によって詩作を試みるデュ・ベレーに、ボードレールに通ずる「現代性」の条件を見出している（『デュ・ベレーの墓』（*Tombeau de Du Bellay*））。

マラルメの墓

うずもれた神殿は　墓穴のような下水の口から
泥を涎と垂らし　ルビーを泡と吐きながら
とあるアヌビスの偶像をおぞましく漏らす
その鼻面は隈なく　猛犬の吠声のように燃えあがる

あるいは最近のガス灯は　被った恥辱を
拭い去ってくれることで知られる　いかがわしい灯心を撚りあわす
彼〔それ〕が狂乱のなかで火をともせば　不滅の恥丘は
街灯沿いにてんてんと　闇を求めて宙を舞う

夜のない都市のなかで　いったいどんなしなびた葉に
奉納の葉に　ボードレールの大理石に虚しく腰をおろす
彼女のように　祝福することなどできるだろう

ヴェールはおののき　ここにいない彼女をくるむ
彼女とは彼の〈影〉　わたしたちがいつまでも
たとえ死にいたるとしても　吸いつづけるべき加護の毒

——マラルメ「シャルル・ボードレールの墓」

ここで、マラルメがボードレールのために書いたふたつのテクストを読み直すべきかもしれない。『文学的交響曲』という堅苦しいタイトルの若書きは、麗飾と宝石と誇張にあふれた、まるで紙のうえの宝飾品のような、高踏派を思わせる習作である。そして一八九五年のこのいかめしい墓碑のほうは、そのあまりの曲折ぶりに、モンドールはこれを「何より不明瞭で何より説得力のないオマージュ」とした。モンドールは不明瞭だと言った。そう、だからこそここには消えない明るさがあり、この電池切れの心配のない明かりのおかげで、わたしたちは長い時間をかけてこの詩を明らかにしようと試みることができる。なにを隠そう、この詩の主題は明かりなのだから。マラルメはここで、ボードレール作品の三通りの読みかたをトントンとまとめているようである。頭から読んでいくと、まずボードレールは「とあるアヌビスの偶像」を崇める卑俗《ヴュルゲール》な（最初の四行連の言葉でいえば、世に「漏れた《ディヴュルゲ》」）秘教の信徒として描かれ、目にうるさい光が（「燃えあがる」）偶像の鼻面を照らし出す。この連では迷信というものが邪見に扱われているようだ。二連に移ると「彼《イ》／それ《ル》」――ボードレール／「最近のガス灯」――が別の灯心をともし、別の光景を映し出す。裏通りや、恥辱を受けたあとの酒や、「恥丘に火をともす」ガス灯といった、いかがわしいパリを映し出す。喧噪に満ちたこの手の光景もまた、やがて流行のものとなった。ボードレールの読者は、ともすれば煙に巻かれる《ミスティフィエ》思いだろう。しかし六行連（ふたつの三行連）では、ボードレールの作品が明るいヴェールとなり、彼の〈影〉を覆っている。偶像の鼻面をほのかに照らす炎と「恥辱を拭い去ってくれるいかがわしい灯心」は、奉納のための蠟燭に変わり、詩という「しなびた葉」を照らし出す。ボードレールの大理石の脇に居場所を見出す（「腰をおろす」）べく、「祝福」のための詩を照らし出す。いかがわしい灯心は〈影〉となり、大文字の〈影〉〔亡霊〕となり（「彼女のように」）、死者のための言葉となる。ヴェールにくるまれた影は姿を変え、「いつまでも吸いつづけるべき加護の毒」というまた別な明かりに変わる。そして、マラルメにとってはいつでもそうであるように、これらすべてのことは「虚しく」ある。彼にとって（紙の）墓は失敗だ。あらゆる詩は本質的に虚しいのだ。

直観と象徴

見るとはなにか。それが「高翔」の問題だった。ボードレールの答えをいまひとことで言い表わせば、直観とは象徴を生むものであると言える。

「直観」とは、詩のなかで鋭利な経験論（「能動知性」という中世の表現も捨てがたい）を機能させているもののことであり、詩学にふさわしい用語である。鋭利な経験論とは、ある現象のなかに潜んでいる、その現象と似ている存在を、理屈ぬきに見抜くことである。

だが直観とは、異なるふたつの用法のあいだで板挟みになっている（動けなくなっている？）言葉でもある――それゆえ、とりあえずこのふたつの用法を区別しておかねばならない。

日常の会話では、直観という言葉はじつにありふれた通念のようなもので、論理的に考えることなしに意味を言い当てること（占うこと？）という意味で使われている。したがって直観の対義語は、演繹や帰納による「推理」である（帰納には別段の注意が必要だ。というのも、学校の教科書は往々にしてものごとを単純化して教えるもので、「比喩」についての章をひらけば、……のような存在の存在論には触れもせず、比喩とはさまざまな「具体」例の考察から導き出された、ふたつ以上のものに「実際に共通している部分」（ママ）のことである、などという説明があり、それが世間に浸透しているのだ。類似というものをそんなふうに「結論」づけているのである！）。

他方、長きに渡る哲学の世紀のなかでは（そしてごく近世の、カント、フッサール、ベルクソンという三人の直観の思想家にとっては）直観とは数ある形而上学用語でも抜きん出て重みのある言葉である。直観とは観照を二重にすること、つまり……のような存在を「類推的《アナロジック》」に見る思考の目で見るという意味である。

カントからボードレールという順番は、席次としては順当なものだ。ボードレールが『理性批判』や『判断力批判』を読んだか否かに関わらず、彼がカント主義者であるということは、一八五九年の『サロン』の冒頭の「〈諸能力の女王〉」という有名なタイトルと、想像力という仲介物の主な役割を論じた重要な最初の数頁が証明している。長い歴史をもつこの「想像力《アイン・ビルドゥングス・クラフト》（構想力）」とは、言いかえれば思考の「図式論」のこと。つまり、経験の世界を演出する〈想像力〉の図式と、さまざまな例——ケースや状況——をつなぐ関係のことだ。詩《ポエジー》はひとつの例を示す……この例によって、ものごとを形象によって形象的に形象する思考の図式論が動員され、立証され、鋳造される。哲学者ジェラール・グラネルは、この有名な秘密を見事な表現にまとめてみせた。「想像力とは形象にすることであり、悟性そのものの根幹をなす。そして想像力の形象をなすのは言い回しである。」[☆19]

（カント）哲学において、直観の使用にはつぎのような両義性が伴う。

「直観」とは、あるときは、人間精神の能動的受容性の全体を指す。受容して図式を生む感性、つまりは話す感性の全体を指す。ひとことで言えば、直観とはノエシス全体に関わることだ。人間の「直観」は非根源的直観であるために、「創造的」な神性とは（形而上学的に）異なる。つまり、人間には「無から」物質的な所与を生み出すことができないのだ。

「直観」とは、またあるときは、結合（ないしは「総合」。つまり、現象的なものを見る「ために」人間の思考を支配している二股のくびき）の片側を指す。要するに、現象をつかむペンチの刃の片側みたいなもので、「直観」という刃は、知性や「概念」という刃とともに現象をつかむというわけだ（このことは「直観なき概念は空虚である」という格言に要約される）。

☆19 『論理学・政治学論集』(*Écrits logiques et politiques*, Galilée, 1990, p. 167)。

哲学者にかぎらず、人はみな知性（「現象の知性化」）と感性（感情や気持もふくむ）を分離（切断）しがちである。しかし、詩の文意が生む意味に現象学的存在論的（サルトル）に了解することができれば——「了解《アンタント》」（聞く）という言葉が「悟性《アンタンドマン》」以上に雄弁で、世界は現象として、「つかむ」ということを、現象は世界として、「つかむ」ということを、瞬間的につかむ言葉であるとすれば——直観《アンチュイシオン》（直観すること《アンチュイシオネ》）／概念《コンセプト》（理解すること《コンスヴォワール》）の結合は、人が思うよりも分かちがたく、両者の助けあいは（まさに）具体的で、役に立つ（「現象を救う」）ということがわかるだろう。

だがここでひとつ補足をして、「直観」をめぐる難点をさらに倍にし、この問題の二重性をさらに二分しなくてはならない。なぜかと言えば、理解することや「概念」もまた、つぎに示すふたつの対に挟まれ、ふくまれ、同時に属している言葉なのである。つまり、こちらも分裂してしまっているわけだ。

理解すること／述べること。（「正しく理解できることは明瞭に述べられる」というボワローの言葉以来、よく知られている）この対は、考えること／話すことという、デリダ的な意味で脱構築することのできない大きな差異のなかにある。

理解することvs感覚によって感じること。（概念を捨てて感覚を押すさまざまな感覚論による批判をうけて、両者のバランスが今日ではいよいよ崩れつつある）この対は、心と身の、ひいては精神と心の差異（合一――または分離）のなかにある。

ボードレールの文章に「感覚」が単独であらわれることは一度もなく、それは毎回のようにノエシス（または別のもの）と、つまり思考とともにある。一八五五年の『万国博覧会』の見事な書き出しに散見する表現を例にとってみると、感覚は「観念」や「類型」や「気持」と（「照応という巨大な鍵盤のうえで」）[☆20] 結ばれている（いわば二詞一意[★26]となっている）。

こうしてみると、感覚をめぐって、ボードレールはわたしたちの時代とは隔たっている。えてして批評家は、ボードレールは少しずつ時代遅れな過去の人となったという意味をこめて「遠ざかっている」と言いたがるだろう。だがこう言ってしまうと、それこそ進歩に対するボードレールの痛烈な批判を無視することにならないか。ひいては、かの有名な「新たな戦慄」〔ユゴーが『悪の華』の詩篇に呈した賛辞〕のせいで、わたしたちはボードレールを新聞雑誌が新感覚《ニューセンセーション》と呼ぶものの最先端にいた人だと思いがちなのではないだろうか。わたしたちにとっては「新感覚

☆20 『一八五五年の万国博覧会』一章。ボードレールはここで、goût（味、センス）というフランス語の両義性を利して、料理の比喩によって「言葉」を調味料に見立てたうえで、「言葉が言語に対して明かす観念」によってはじめて言葉は意味をもつと断言している。

★26 「修飾語＋被修飾語」をふたつの名詞にする修辞（迅速なお返事に感謝します→お返事とその迅速さに感謝します）。ドゥギーは思考（言語）を置き去りにして体感的な感覚のみに訴える昨今のメディアを一貫して批判している。

を体感せよ」という広告のフレーズがすべてなのだから。わたしたちとボードレールの関係を考えるうえでその点を押し出すのは、わたしに言わせればカタクロニックなベクトルを向けるも同然だ。つまり、ボードレールが予見できるはずもなかったことを、時代間の距離を計るわたしたちの物差しを、彼にあてがうも同然だ。それでは通常とは反対側から過去を考えることになってしまう……過去から未来に向かうものの見かたとは逆向きに、のちの時代を予感し、予期し、「予告」していた世紀や作家たちを（排他的に！）[☆21]称えることになってしまう……彼らとてただの「先駆者」でしかなかったかもしれないというのに！

☆21　ジャン＝ミシェル・レイは近年の論考で、パスカルやエドガー・キネ（など）をめぐって、文学作品をそのような「予示」とみなすナイーヴな解釈の批判的読解を展開しており、注目に値する。

象徴

ボードレールの公理は――『現代生活の画家』の一章の表現をくり返せば――「芸術の二元性は人間の二元性の結果である」。まるで、二元性のあらゆる項には分裂増殖の危険があるというかのようだ。向かいあう一組のものは、取っ組みあっていようと手を取りあっていようと、ひとつの同じものの内なる他者性を暴き、同じものを次々にふたつに分割することで、増殖してゆくおそれがあるというかのようだ。

要するに、〈美〉には少なくともふたつの種類があるように――十七番のソネットのタイトルになっている大理石の美だけではなく、この美とともに「通りすがりの女性」の通りすがりの美もあるように――「象徴」にもまたふたつの種類がある（神秘にもふたつの意味や顔や用法があるように）。

「照応」にあらわれる「象徴の森」[★27]は『内面の日記』の象徴ではない。数あるアンソロジーのなかで、ボードレールは「ロマン派」の末尾よりも「象徴派」の冒頭に収められることになっ

★27 「〈自然〉はひとつの寺院であり、生きた柱の数々からは／判然としない言葉が漏れ聞こえてくることがある／人間は、親しげなまなざしでこちらを眺める象徴の森をぬけて／そんな寺院の前を通りすぎてゆく」（「照応」（四））。

ている。思うにこれは、彼が代々秘伝の象徴体系の継承者であるからというよりも、彼の言う「象徴」の主な意味が『火箭』の十一番に読まれるようなものであるからだろう。

読んでみよう。「ほとんど超自然的な精神状態にあるときは、目に映るどんなにありふれた光景にも、生の深みがそっくり明かされるものだ。その光景が生の深みの象徴となっているものだ」。その前の頁にはこんな一文もある。「人生には、時間と広がりがいっそう深まり、生の実感がどこまでもつのる瞬間がある」。

「生の深み」とは、（人間として）生きるという経験の意味や真理のこと。そんな「生の深み」の象徴となる（図式となる?・）にふさわしい状況（「直観的」な瞬間）を見極めるための機会と勢いを、直観という「鋭利な経験論」に与えてくれるのが洞察力（炯眼）である。

ここはそう、解説をしておこう。というのも、ボードレールのこの思想を敷衍し、拡張し、増大するにはこまやかな注意が必要だと思われるからである――その理由をふたつ、ざっと記す。

先の引用の「超自然的な」にはほとんどという留保がついていた。詩学とはとかく神秘的なものだと思われがちだが、このほとんどは、詩学が甘受しているそうした印象にデフレーションを起こして「降架」する（「脱神秘化」とは言うまい）ために有益な言葉である。

ここでいう象徴性、つまり象徴となることは、「換喩」（全体に対する部分、あるいは全体に対するひとつの全体）と隠喩性（深みのための「ありふれた光景」）の合力である（物理学における「力の平行四辺形」の用語を使わせてもらいたい）。深みのための「ありふれた光景」とは、先の引用で生と呼ばれていた永遠に逃れゆくものを喩えるために賭された喩えのことであり、この喩えがもつ価値のことを隠喩性と呼ぶ。

寓意について

「すべてがわたしにとっては寓意となる。」「白鳥」の八つめの四行連の三行。くり返しあらわれるこの思いは、ボードレールの定理であり、さまざまな註釈があるものの、いまなお〈詩学〉が挽くべき理論の種を生みつづけてやまない。わたしはここで、思索にふける『火箭』のうち、とりわけボードレールの象徴の用法を照らしている箇所に引きつけながら、この言葉に耳を傾けてみたい。なかでも十一発目の『火箭』をいまいちどここに記そう。「人生には、時間と広がりがいっそう深まり、生の実感がどこまでもつのる瞬間がある……」☆22。

何、何の……寓意なのですかと、せっかちな読者は問う。

答え。何の寓意でもありません！

allo はギリシア語で「他のもの」。寓意（allégorie）は、寓意が示すものとは他のものを示している。寓意は、この詩のなかで問題となっているものを、パウル・ツェランに言わせれば詩に曰

☆22 （傍白）象徴に関する「火箭」（一一）の直後の「火箭」は……「（大通りを）横切っていると……」という言葉からはじまるが、これはいま読んだ「白鳥」の二つめの四行連の二行の半句「（カルーゼル広場を）横切っていると……」という表現と同じものだ。この半句の表現には詩的記憶術に通じるものがあるのかもしれない……。もちろんなんの確証もないことだが、これは詩人が「深く」関心を寄せていた象徴と寓意の類似をあらわすひとつのサインである。

付をしるすものを示すと同時に、他のものを示している。状況と同時に、というか、いまこの瞬間に固有の状況にある局面や精神「とともに」、他のものを示している。たとえばわたしがカルーゼル広場を横切るいまこの瞬間に。このいつわりの細い河（コノ、ソノ：セーヌ河）を前にあの他の河を（アノ：どちらが他の河なのか）、偽りの細いシモイス河を思ういまこの瞬間に。そしてアンドロマケ、あなたを思ういまこの瞬間に。

状況《シルコンスタンス》というものは、ただ「詳細《シルコンスタンシエ》」に報じられただけの文脈のない逸話的なものに、マラルメに言わせれば一般的な「ルポルタージュ」になりさがるおそれがある。

すべてが寓意となるとは、どんなものも（「目に映るどんなにありふれた状況も」）他のものを示すことができるということだ——それが示すものとは他のものを。どんなものも「生の深み」に向かって徴《シーニュ》を送る（ヘラクレイトスの古い格言でいえば「徴を示す《セマイネイ》」（「デルフォイに神託所をもつ神は、隠しも明かしもせず、徴を示すのみ」））ということだ。ボードレールの言うように「生の深み」がそっくり明かされることなどあるのだろうか。だとすれば、それはギリシアの精神に背くことになるだろう。「隠しも明かしもせず」とヘラクレイトスは言ったのだから。明かされるのはむしろ、どんな状況も魂に「語り」かける「徴」を送ることができるということであり、そしてこのとき、いまこの瞬間、魂は「超自然的な」魂——心理的な魂とは他の自然《せいしつ》をもつ魂……と呼ばれるにほとんど値するのだろう！　そのとき、ものごとの単調な連続は深く穿たれて崩壊し、そこから底につながる隙間が、「未知なるものの奥底」につながる隙間が「贈られる」……。もっとも、その奥ではいかなる謎が解明されるわけでもなく、ただ謎めいたものがちらりと姿を見せる。未知なるものが、意味が、逃れゆくものの大きさ（「生の深み」）が、「自然」な線的時間に割り込み、時系列をせき止める。

「白鳥」の寓意は、〈正義〉や〈運命〉や〈愛〉といった寓意のように、主な持ち物《アトリビュート》の「表象」を見せるような寓意ではなく、allo の寓意である。言いかえれば、大文字書きの寓意、大なり小なり明確なかたちで新たに描写できるような観念の寓意ではなく、単にあらゆる物のうちにはそれがはっきり示す物とは他の物があるということの寓意である。寓意の真理は寓意を超え出てゆく――寓意の真理は他の真理であり、いつまでもとらえどころなく引きこもっている（ヘルダーリンに言わせれば「幽閉されている」）真理なのだ。ある物と他の物の関係はこういうものであり、このふたつの一致《アンサンブル》（語源的には象徴と同じ★28〔ギリシア語の「割符《スムボロン》」〕）こそが、物と呼ばれるにふさわしい。ここでいう物とは、さまざまな物の物であり、物の名前の外にある物（指示対象）ではない。物と物の言葉とは、この「象徴的なもの」によって、同じひとつの物なのだ。

★28　chose de choses：ドゥギーは「物」（chose）という語についてつぎのように語っている。「単数形の「物 la chose」、「詩の事物 la chose de la poésie」というフランス語の表現も非常に重要です。（……）「これこれは哲学のショーズである」「絵画のショーズである」と言った場合は、語源をなしているラテン語の causa を介して「原因」といった単語に接近することにもなるわけで、つまり本質的だという意味ですね」（『現代詩手帖』「総展望フランスの現代詩」一九九〇年）。

「わたしは悶え狂うわたしの貴い白鳥を思う」……そしてアンドロマケ、あなたを思う。ルーヴル宮を前にして。この不幸な白鳥は「神話」と呼ばれており、オウィディウスの人間のようでもあるが、この詩のなかでは気高く空を見あげるだけで人間に変身することなどかなわない。神話とはもはや寓話の詳細なプロットではなく、「どんなにありふれた光景」もその寓意となるような空っぽの他性なのだ。わたしは自分が見ているものを「寓意」として見ている。こういうものの見かたには、いまいちど「直観」という語をあてはめてみてもよいだろう。直観することが、わずかなりとも、見ること以上のものであるなら。直観するとは、経験的なものを見破る経験ののぞき穴のようなところから、見えるもののうちに単に認識できるものとは違うものをかいま見ることである。ものごとをひとつの判じ絵として、そこに隠された意味のひとつを読みとくことである。

最後の三つの四行連には、考えうる範囲のさまざまな寓意化《アレゴリザシオン》☆23が積み重なり、「白鳥」が一羽また一羽と増えてゆく。☆24「ぬかるみに足を取られ、血迷える眼で／漠漠たる靄の壁のむこうに／ここにはない、美しいアフリカの椰子の木を探す／結核をわずらい痩せこけた黒人の女を、わたしは思う」。ジャンヌ・デュヴァル、貴い〈白鳥〉のように幻を見るこの女《ひと》も「寓意」なのだろうか。いやむしろ、シャルル・ボードレールにとっては見慣れた光景であり、美しい――ここにはない――アフリカの「象徴」なのだ。

☆23　この造語は、寓意という言葉の意味に即した定義とは関係なく、この詩にゆきわたる魂の動きを記憶しておくための言葉として用いたい。

☆24　この白鳥（cygne）たちは、背後に潜む記号（signe）というやかましい同音語を飛び越えてゆく白鳥たちであると、あえて言っておく。

最後からふたつめの四行連にあらわれる〈苦痛〉にしても同様だ（ここでは乳をあたえる〈雌狼〉に喩えられている）。この〈苦痛〉は、大文字をまとっているとはいえ、〈苦痛の女神〉の乳を飲む「やせ細ったみなしごたち」という寓意群の古典的なエクフラシス〔視覚イメージを言語で表現すること〕ではない。

「わたしはあなたを思う」――〈白鳥〉よ、アンドロマケよ、黒人の女よ、みなしごよ、水夫たちよ……「そして他にも、まだたくさんの者たちよ」というつぶやきのような半句をもって閉ざされる、長い換喩の道のりのなかで（詩のなかの明白な「連想」を通じて）――寓意化とは、亡命する精神を☆25「横切る」この運動のことを指す。わかりやすく言えば、この精神ははなれてゆく、「高く昇ってゆく」（いずれも人々のなにげない会話でよく使われる表現だ）。そうして、執拗で絶え間のない閉塞感をもたらす「日々のよしなしごと」から、身のまわりのものごとから、それそのものでしかないものごとから逃れて、森へと向かう。この――『華』の四番（「照応」）にある――「象徴の森」のなかには、図式を生む想像力が運んできたものたちがいる。図式とは、ある特定の比喩《コンパレゾン》〔比較〕がその通貨や証拠となるもののことをいう。この通貨や証拠をたよりに、図式は形象を生む。あらゆるものは、可能な範囲で、生の計り知れない深みの喩えとなり、生の深みはこの喩えをまとって「明かされる」と同時に逃れてゆく。この

☆25 「そしてわたしの精神が亡命する森のなかに」（四十九行）。

ことは、詩的想像力と宗教的想像力、つまり「霊的なもの」の違いをあらわしている。不動の象徴主義——キリスト教を彩る偉大な形象（「十字架の道行《みちゆき》」の聖像崇拝）のように特権的で人目を引く象徴たち（「無限」に好ましい本物のイメージからなる決まりきった象徴主義）——は、詩的経験論や詩的直観[☆26]がもつ寓意を生む力によって、降架するか「冒瀆」するより他はない。

すべてが寓意となる。

☆26 「詩的直観」という言葉は、「女の直観」などのように口当たりの良い決まり文句となってしまったので、かわりに〈詩学〉の直観という言葉を用いるべきだろう——この言葉は、「詩的理性」のはたらきの観察を通して「詩学」が見いだすもののなかに機能している直観を表わす。

脱信仰の実践

「命なきものよ……[★29]」。詩《ポエジー》とはアニミズムからのゆったりとした脱却である。「ロマン主義」がやがて因習となり、ロマン派の忠誠心が衰えていったこともその一歩であった。ラマルチーヌはロマン主義を素朴に信じることはなくなった……ネルヴァルは信仰を蘇らせた。純粋な精神は韻文の樹皮のなかで再生する。[★30]

二十世紀の詩《ポエジー》は、たとえばアメリカ詩は、消滅の一途にある大陸を取り戻しつつある。これはもう「文化的」な事態である。礼拝の挙行や典礼を詩《ポエジー》のための言葉として扱う「民族詩学《エスノポエティクス》」[★31]によって、人類学から財産を没収し、さまざまなリズムや名前や表現を「詩」に移しつつある。なんだかよくわからないもののなかには、ある種の「迷信」が宿っていることがある。「魔法」のような反復の「力」、信仰によって伝えられてきた人々の気持。詩という形式は、それを受け継ぐことができる……。すべてが失われてしまったわけではないのだ。

そうした人々の気持を捨て切らずにいる敬虔な魂たちに、何と言ったらよいのだろう……。

★29　「命なきものよ、おまえたちにも／人の魂を懐かしむ魂があるのかい、愛する力があるのかい」（ラマルチーヌ「ミリーあるいは故郷」）。

★30　「朧げなもののなかに神はよく隠れ住む／瞼の奥に隠された、生まれかけの目のように／純粋な精神は石の樹皮のなかで育つ！」（ネルヴァル「黄金詩篇」）。

★31　米詩人ジェローム・ローゼンバーグは、ヒエログリフから『古事記』まで、世界各地に伝わる神話や聖なる言葉を集めた『聖なるものの技術者たち』（*Technicians of the sacred*）や北米先住民の口承詩集『南瓜を振りながら』（*Shaking the pumpkin*）を編著し、これらの人類学的遺産を「詩」として受け継ぐ「民族詩学」を提唱した。

古代が失われるにつれ、「古代的なもの」とは何を意味するのだろう。

「アンドロマケ、わたしはあなたを思う……」。パリの廃墟のなか、偽りのシモイス河のほとり、砂州のように残された聖遺物は、取り戻すことができるのだ……。

「すべてが寓意となる」とは、おぼろげな神話の断片や「神話素」を、暗示的で多義的なものとして、他のものを示す「寓意的」なものとして転用することだとも解釈できる。おぼろげな神話の断片。それは、ドラクロワの描いたバリケードのうえの自由のように、同じ時代を生きる人々のあいだに紛れ込んでいるものだ。あの大文字は、乳房ともどもむきだしの心は、心の蜂起は、「〈自由〉万歳」という超音波のような絵画の叫びは、いったいどこからやって来たのか。それはもう、あの自由そのものにも知りようのないことなのだ。

ある種の人々が物の魂と呼んでいるものは、意識的な技巧と「霊感」によって書かれた「言い回し」に変わりつつある。つまりは思考となりつつある。詩学は「住むこと」の側にある。グローバル化した世界内存在ではなく、現象学的な世界内存在の側にある。「韻文」(「エミック」★32な単位としての詩)はもはや、韻文の魅惑《カルメン》〔歌〕を韻文自身の呪文によって保つしかない。

★32　米言語学者ケネス・L・パイクの用語。ものごとを普遍的な基準によって分類するエティックに対し、特定の文化における機能をもとに分類する方法をエミックという。たとえば、獣類の食肉が禁じられていた江戸時代ではウサギを鳥に見立てて食したとされるが、ウサギを哺乳類に分類するのがエティックで、鳥類に分類するのがエミック(もっとも、レヴィ＝ストロースに言わせればあらゆるものごとの本性はエミックであり、エティックな現実など存在しない)。本論に即して言えば、ローゼンバーグは原始宗教の言葉を詩に分類したが、今日の詩は神話や神学とは類を異にするものであり——それゆえドゥギーは詩を「詩素」と呼び「神話素」や「神学素」の同格に置く(六〇頁)——それらとは別に(ともに)人間の科学を構成する単位である

（「詩人」ではない）「万人」が崇拝してきた得体の知れない魔力を当てにすることはもうできないのだ。わたしはあなたに膀胱を提灯だと思わせよう（ドン・キホーテ）[★33]。それが「本当」のことだと言うつもりはない、けれど、ただのまやかしでない「代換法」には、人にもういちど魔法をかけることができる。世界となった思考に何ができるか、それを言葉にできるのは、話すことなのだから。

芸術とは逃避の対極である。

ということ。

★33　「膀胱を提灯だと思う」は「ひどい勘違いをする」という意味のことわざ。風車を巨人と勘違いするドン・キホーテをサンチョ・パンサはそう形容する。

「世界は終わろうとしている」、歴史性、文化

『日記』のなかでもよく知られる最後の火箭の頁は、世界は終わろうとしていると唱えはじめる。世界は「〈もうひとつの世界〉」とともに終わろうとしている。

一世紀半を越える六つの世代が、ボードレールの時代と今日を隔てている。もっと決定的に言えば、フランス詩がボードレール・ランボー・マラルメという巨大なポーチをぬけて最初の現代性の扉を開いてから、ふたつの現代性が彼の時代と今日を隔てている。さらに決定的に言えば、彼の時代から未曾有の動乱を経て、底なしの断絶のこなたにある今日では、詩《ポエジー》とは作品、実践、イヴェントといった雑多な意味で「詩的《ポエティック》なもの」を一手に引き受ける言葉と化している。ひとことで言えば、わたしたちにとっての「世界の終わり」は、最後の「火箭」で予告されている「世界の終わり」ではない。ひとつの時代が――「わたしたちの時代」という時流のなかで――その世界に終わりを告げるさまは、そしてひとつの世界がその時代に終わりを告げるさまは、ヴァルター・ベンヤミンがマルクス主義やメシア思想をベースに数百頁を費やした終わりなき研究書の、『高度資本主義時代の抒情詩人』という有名なタイトルで示したも

のではないのだ。

画家にせよ、音楽家にせよ、詩人にせよ、芸術家とは一灯の「灯台」〔六〕であり——ミケランジェロやワーグナーを思い返せばよい——世界の終わりを描く義務がある（「わたしは何と答えることできるのだろう」……）。「擬人法《プロソポペ》」の語源〔ギリシア語の「顔《プロソポン》」〕を借りて言えば、世界の終わりに顔を与える《アンヴィザジェ》〔予想する〕義務がある。自身の芸術（メディウムとは言うまい）をたよりに世界の終わりを予言する義務がある。世界の終わり、ボードレールが憎悪した〈ブルジョワ〉の世界（彼にとって「世界の没落」とは世界の進歩を意味するのだ！）の終わりという寓話。彼はその原因と様相を「心の堕落」と呼んでいたが、あれはひとつの世界の終わりという寓話なのだ。自身の死後もひとつの世界が、いや、世界が続いてゆくことを、彼は重々承知していたのだから。

わたしたちにとっての世界——さまざまな複数の世界からなっていたこの世界——の終わりは「世界化《グローバリゼーション》」と呼ばれている。ヴァレリーが「終わった世界の時代」★34と呼んだものは、米西戦争に象徴される十九世紀の終わりに彼にとって始まっていたものは、わたしたちにとっては終わりつつある。終わった世界の時代は終わりつつある、完遂しつつある。わたしたちが「終わったものは始まるしかない」という不穏な逆説をはらむ言葉とともにあるかぎり、そう言って

★34 ヴァレリーは一九三一年の『現代世界の考察』で、地球上のあらゆる土地が領土化し地図上から空白が消えた現代世界について「有限な＝終わった（fini）世界の時代がはじまる」と述べた。この「有限」な世界では、かつては遠くはなれていた大陸（アジア）にヨーロッパの科学文明が伝播することで世界的な生産競争が勃発し、ヨーロッパの優位は「終わる」とヴァレリーは占う。

よい。ひとすじの未来を涸らさぬために（最後からひとつ前の世代の「未来はない《ノーフューチャー》」というスローガンさえも乗り越えるために）「世界の終わり」は止めにして「ひとつの世界の終わり」と言うことにしよう。

世界とは下界と呼ばれることもあるが、つねに、ある別な世界を、〈別世界〉を、もうひとつの世界を通じてみずからの「ヴィジョン」を得るものだ。それを考慮するのが芸術家で、憂慮するのが政治家だ。政治家たちはそれを「アルテルモンディアリザシオン」★35や「よりよい世界」などといった言葉で語る……。

わたしたちはいつ、どこにいるのだろう。それを見極めるには、資本主義の「進んだ《アヴァンセ》」（末期の）この新たな時代を、どこから語り、どこに境界線を引けばよいのだろう。この資本主義を「文化的資本主義」と名づけよう。この言葉にはじゅうぶんな説明が必要だろうが、それを簡潔に説明するにはどうすればよいかは後回しにして、わたしがその説明が必要だろうと考えるわけをまずは思ってもらいたい。わたしの目的は、遺言（ヴィヨン）のように残されたもの（「留まるもの」?）を受けとり、それをわたしたちの現代性に変え、現代性たちがくり広げる巨人たちの戦い《ギガントマキア》に送りだすことで、なぜいまなおボードレールなのかに答えることだ。こうした見地からみると、預かり物を（受けとるフリではなく）しかと受けとり、その形を変えるに

★35　市場原理に支配された新自由主義的なグローバリゼーションに取って替わるものとして、環境に配慮した「持続可能な開発」や南北の経済格差の解消をモットーに世界規模の市民社会の実現をめざす運動。

は、「その喪失に変える」には、時代を区切る「画期的」な差異と、時代の不可逆性とを考慮に入れる必要があるということがわかるだろう。

それはまさしく、先日イヴ・ボヌフォワが[☆27]、〈時代〉はいまや差し迫った最終局面にあるという展望から（パウロ的な緊迫感をもって？）ボードレールの詩をボードレールから引きはなすという彼なりの方法でやってみせたことである……。彼の新刊の最後の一文は、そのような救済措置はもう手遅れだと告げているようにみえる。「（ボードレールとマラルメという）ふたつの意志のあいだでは、昔から言語のなかに潜んでいるドラマが演じられているのです。しかし「未来の現象」が書かれ、ボードレールがそれを読んだときから、このドラマは加速する。そして今日ではその幕切れが近づいているのです！」文化的なものの時代にあって、ボードレールの詩と作品には何が起こっているのだろう。それをつきとめるには、わたしは自分の公式をじっくりと展開する必要があるだろう。「わたしたちの文化は文化的なものの文化的な文化である」……。この争いの、このドラマの幕切れは、文化的なものを政治社会学的に調査するだけでなく、それを哲学的かつ詩的に理解したそのさきに待っている。そのことをわずかなりともわかってもらうには、さてどうしたものか。最新の出版状況（二〇一二年）を足がかりに、ひとつ例をあげてみるとしよう（例を示すとは見せることなのだから）。

☆27　イヴ・ボヌフォワは、二〇一二年一月、アントワーヌ・コンパニョンの講義後に最初のゲストとして講演を行なった。

「文化的な現象」とは、つぎのようなもののことを言う。ジョルジュ・ディディ＝ユベルマンの『樹皮』から一文を引かせてもらった。彼は絶滅収容所を訪ねてそこから戻ってきたものの、絶滅収容所が文化的な場所に変わりゆくさま（それは宿命的なこと、避けようのないこと、「歴史的」★36なことなのだ）に対する驚きからは立ち戻れずにいる。文化的な場とは、あらゆる「記憶の場」の行き着く先なのだろうか……。「あらゆる文化の場——図書館、映画館、美術館——は世界じゅうでアウシュヴィッツの記憶を築くことに貢献できる、そんなことは言うまでもない。だが、アウシュヴィッツがまさにこの場所で忘れられ、アウシュヴィッツを思い出すための虚構の場のようになるとしたら、そのときいったい何と言うべきなのか」（二五頁）。いったい何と言うべきなのか。「文化」と「文化的なもの」の違いがいまこの文章を通り抜けてゆく足音がした。けれど、違いとして扱われなければ、それは通りすぎて行ってしまうかもしれないものだ……誰にも気づかれないままで。

すべてが文化的なものとなることは、逃れようのない「宿命」であるかのようだ。「文化」（「文化的なもの」という同音異義語にとっての隠れ蓑）の名において（名のもとに）起こるすべては、このような虚構（ジョルジュ・ディディ＝ユベルマン）となり、人工遺構ならぬ人工虚構となって虚構を生み、人の目を欺くリメイクのようなものとして、「高翔」せずに堕ちてゆく。この「変容」によって、すべては持ち上げられずに軽んじられ、重々しさ（古くは「物の重み」と

★36 historial：ハイデガー『存在と時間』で論じられるgeschichtlichの訳語。ハイデガーにとって「歴史」（Geschichte）とは単なる史実の総体ではなく、その礎には、受け継がれてきた「遺産」のなかから人間がみずからの可能性を選び取る「宿命」（Schicksal）があり、共同体や民族に共通の「運命」（Geschick）がある。ふたつ前の段落の末尾の「画期的」（épochal）もhistorialと同義。

言った）は失われる。とはいえ、それがなぜ「貶め」につながると言い切れるのか。文化的なものは憤ってそう問いかける。これはまさしく、ボードレールが「心の堕落」と呼んだ耐えがたい問いであり――完全には説明のつかない問いなのだ。つまり、完全に説明のつかない〔pas explicable du tout：すべての説明はつかない〕問いなのだ。〈貨幣〉の信仰や、「ブルジョワ化」や、ブルデューの〈支配〉をもってしても、説明のつかない問いなのだ。

この「死滅」はいったい何を意味するのだろう。この謎めいたマルクスの言葉は、きっとまた使えるはずだ（かつては文化だったものが、文化的なものの形態をまとって「死滅」してゆく……）。

ボードレールの前言撤回《パリノディ》のふるまい（極端なまでに、「戯画的」なまでに宗教を貶し、改宗や「冒瀆」に熱をあげること）。「わたしたち」（ボードレールの曾孫にあたる「読者」）はそれをいっそう悪化させつつある。託すべきもの（「名残」や「聖遺物」）を「堕落」から救い……「文化的なもの」の手から守るために。地に堕ちたものを持ち上げるための「超越」は、（再）神話化や再神学化などではなく、脱神話化や降架や「脱神秘化」（この言葉の使用には注意が必要だ）を経たそのさきにあるのだから。

ナダール、「写真」、イメージ

そう、わたしたちはちゃんと覚えている。「イメージの崇拝を称えること／わたしの大きな、ただひとつの、最初の情熱」[☆28]を。この表現はそれほどわかりやすいものではない。とはいえ手短かに言えば、ここにはイメージへの情熱が記されている。想像力、「〈諸能力の女王〉」たる「〈想像力〉」への情熱。線と色彩、素描家と画家への情熱。ブレダンやドヴェリアやドーミエ、ドラクロワやゴヤやマネ……あまたの「サロン」への情熱。ボードレールもデッサンを描いている。聖像崇拝である。[☆29]

とはいえ、この赤裸々な覚書に記されているのは、「写真」イメージの崇拝のことではありえない。ダゲレオタイプにせよナダロタイプにせよ、ボードレール自身心ならずも写真に魅了されていたにせよ。というのも彼は……学生が自分の部屋の壁に「崇拝」する聖像《アイコン》や偶像《アイドル》の「複製」を張り、世界がスクリーン化するよりも一世紀も前の人なのだから。『空想の美術館』や、カヴェルの『眼に映る世界』や、リアリティ番組などが生まれるよりも一世紀も前の人なのだから。そのうえ、ここに記されているイメージは「単に」、饒舌な想像力によるイメージ、文

☆28　『赤裸の心』（三八）。

☆29　「戯画」についてひとこと。この詩人がドーミエの才能にあそこまで惚れ込んでいる理由はなにか。戯画化された存在は、人物にせよ事物にせよ、（「日常の」）実物よりもはるかにそれそのものとなる。戯画とは、それが誰（何）だかひとめでわかるような特徴を描くことで、単一的でもあり類型的でもあるような、ある存在のもつ特異性を見極めるための訓練であり、ボードレールはその点に感心しているわけだ。彼が大通りの画家コンスタンタン・ギースを追い求めたのも、これと同じ理由による。強烈なまでにそれそのものである存在をとらえること。存在を照らし出す、飽和状態の光のような同語反復性をとらえること。〔「G氏は自身の印象を忠実に翻訳しつつも、ある対象が極限に達する点や光をは

学の教科書が「詩的イメージ」と呼ぶことになるイメージ、「挿絵」とは異なる性質のイメージのことだけでもない。

もちろん、勝利を収めたのはナダールだ。広告が市バスを覆い尽くしているように、写真イメージは現象にまつわるものを覆い尽くしている。世界は広告によって「空想の」スペクタクルと化し、いまでは日光浴をしている老人を見ても、まるで映画のセットでも撮影しているように見える。

「誰が正しかったのか」。現代のイメージ中心の制度は「避けられたのか」。そういうことなら答えは単純だ。ずばり、そんな問いは無意味である。対立の争点を蒸し返して、そこにふたたび身を投じるのは無意味である。しかし、ボードレールの感じていた不安をめぐる問題は依然として残っているのだ。とはいえ、その対立を今日に持ち込み、今日に移すとなると、移送過程でこの対立そのものに影響が生じる。問題は、そうした影響にも関わらず、この対立がもつ不変的なものを相同的に保ったまま移送できるのかということだ。要するに、イメージという[☆30]言葉は、昔といまとで意味の異なる、ひとつの同音異義語となってしまったにも関わらず、「同じ」対立をめぐる論争を、違う方法で弁証法的にたどることができるのかということだ。これまでも、聖像破壊がもつ意味は聖像崇拝が起こるたびに変わってきたし、聖像崇拝それ自

なつ点を（……）、つまりはその主要な特徴を、人の記憶の助けとなる誇張表現さえも時に織り交ぜつつ、直観的な力をたよりに鮮明に描き出す」（『現代生活の画家』五章）。人は炎天下で「太陽がまぶしい」と口にするが、言うまでもなく太陽とはまぶしいものだから、この表現はいわば同語反復である。言いかえれば、太陽の「まぶしさ」とは太陽の「主要な特徴」であり、太陽が「極限に達する点」である。「情熱的に情熱を愛する」G氏こと風俗画家ギースが対象を「あるがままの姿よりもあるがままの姿で」（同三章）よみがえらせる力を、ドゥギーは対象の「同語反復性」を看破する力と呼ぶ。一一八―一一九頁も参照。〕

☆30　そうこうしているうちに、今日ではイメージとはブランドイメージとなった。この変化は双方にとって本質的なものであり、

体の内容もまた変遷を遂げてきた。そんななかで、聖像破壊にはいまなお意味があるのだろうか。これは今日の言葉でいま一度ひもとかねばならない問題だ。

聖像崇拝と聖像破壊というふたつの極性、釣合、秤動は（ヴァレリーなら彼の好きな「ためらい」という概念を持ち出してくるだろう）、目に見えるものへの信頼に重大な局面や時代が訪れるごとにぐらつく。論理性と視覚性は、妥協しあいながらも終わりのない争いをつづける競争相手なのだ。

「聖像破壊」は決して「盲目」なことではない。聖像破壊には世界を追いやることも、見えるものと見えないものをたやすく隔てることもできない。見えないものは言葉にできないものではまったくない。見えないものは、違ったかたちで、言葉によって――「論理性」のなかで――見えるものと戦っているのであり、いま問題としているもの（ラテン語の中性複数――見エナイモノ★37――がほのめかし、ほとんど隠しているもの）は「共通感覚」で知覚できるもののように「指で触れられる」わけではないけれど、違ったかたちで考えてみることができるものなのだ。聖像破壊とは、極端に伝統完全保存主義《アンテグリスト》的な偶像崇拝や「粛清」行為には不信の念を抱くものだ。「現代」に必要不可欠な聖像崇拝《イコノドゥリ》は、偶像崇拝《イドラトリ》から身を守ることができるだろうか。それがいかに困難なことか、ひとつ冗談を聞いてもらえるなら（たぶんこれは冗談だ）、

本来は取りあげるべき事柄なのだが、ここでは余白にのけておく。

★37　キリスト教の信条のひとつ「ニカイア信条」によれば、世界は「見えるもの」と「見えないもの」からなる（「見えるものと見えないものすべての創造主である唯一の神、全能の父を、わたしたちは信じます」）。詩は現代のテクノロジーによって過度に可視化された「見えるもの」でも、この「信条」における神秘学的な意味での「見エナイモノ」（*invisibilia*）でもなく、そのあいだにある「ほとんど見えないもの」と向きあうとドゥギーは言う（« Projet perpétuel », *Rue Descartes*, n°45-46, 2004）。

こんなふうに言えるだろう。イメージのない映画はありえるだろうかと。

見者《ヴォワイヤン》から覗き《ヴォワイユー》へ。幻覚を視る者から妄想を見る者へ。あるいは、あやまちからあやまちへ。覗きだ！　覗きだ！……イメージに逆らって、[☆31] イメージという同音異義語に逆らって踏み出そう！　絵《イメージ》があるとよくわかる《ヴォワール》〔見える〕と人々は言う……。　いまや俗にいうイメージとは、「現実」という知覚できるものを写真に取ったもの（prise）という意味である——現実に「襲いかかる」にせよ、現実を模倣するにせよ、かつて現実だったものと同じ素材を用いて「完全な」人工物（「舞台」？）を作りあげてしまう。かつて現実だったものは、もはや「撮影」されるものでしかないというわけだ。技術によって「創作」し、「演出」によって配置し、編集によって見せるべきものでしかないというわけだ。

目に映るものを取る。つまり、目に映るものを技術によって幻覚に仕立て上げる。それを「フィクション」と銘打って「観客」の現実的なまなざしに晒す。すべては「俳優」たちが演じている舞台となる。舞台の外でも生身の本人のままの「俳優」たち。彼らの家族が「写真に取る」。机も椅子も小道具となる。

そんなに単純なことなのだろうか。イメージ、「誰もがそれを待ちのぞんでいる」——テレビ

☆31　これはロジェ・ミュニエの一九六二年のエッセイのタイトルだった。

ナダール、「写真」、イメージ

の前で、ありとあらゆる画面の前で。誰もが待ちのぞんでいるもの。これがイメージの鮮やかな定義である。

「肖像写真を引き出す」——ナダールのしていたことをかつてはそう言ったが——もう引き出すなんてことはしない。いまや「写真」は「取るもの」となったのだ。けれど、だからといってダゲールが「取ったもの」もパパラッチの望遠レンズが「取ったもの」も同じだなどと信じられるだろうか。

見えるものは、フレームに収まれば、つまり「映画監督《レアリザトゥール》」の華麗なメスさばきで切り取られ、薄っぺらなフィルムの中に採取されれば、それだけで「現実《レアリテ》」の膜そのものであるかのようだ。表層でありながら、きちんと中身を伴っているかのようだ。見えるものそのもの、いっそうそのものであるかのようだ。いっそう「同一」でいっそう「本物」に見えるものであるかのようだ……写真に収められるだけで。超小型カメラのレーザーに剝がされ、被膜《フィルム》に収められるだけで。カメラとは、現象の表面を覆うペラペラな膜を剝がし、美の産業が生み出したこの膜に防腐処理を施すための道具であるかのようだ。ここでいう膜とは、あらゆる売店の店頭にならぶ雑誌の表紙を飾る、あの肖像たちのイメージのことだ。男だか女だかわからない人工的で魅惑的な両性具有たちが「世界じゅうで」展示されている。ヒューマニズムである。

現実は実体変化を遂げてイメージに変わった。が、イメージそのもののじつに起こった変化は、イメージという名に覆われたまま知られずにいる。イメージはその名のうちにすっかり様変わりしてしまったのだ。それなのに、どうすれば現実がイメージに変わったと「気づく」☆32ことなどできるのだろう。イメージとは、記述して、告発せねばならないものだ（判事が「刑事事件」を調査し、「審理」し、ものごとを明らかにし、知的な仮説を立てるように）。

先週パリの展覧会情報が、カラヴァッジョを「ほとんど写真の域に達した」画家と称えていたが、シャルル・ボードレールが聞いたら何と言っただろう!!! カラヴァッジョは、照明の照らされたスタジオでゼロコンマ一秒に分け入り、「インスタント」な世界を、ある存在にフラッシュを浴びせて見たときの存在をとらえた画家だというわけだ。そんなふうにして、最初のナノ秒の世界にビッグバンを起こすことで☆33……まるで時間はいっそう時間となっているかのようだ。細かな破片に粉砕され、いっそう束の間なものとなっているかのようだ。テクノロジーを駆使した画像だけにつかむことのできる時間――「近日公開映画の紹介」のほとんどサブリミナルな連鎖は、このフラクタルな条件を「表現」しているかのようだ……。

こんなふうに炸裂を起こして、解いた鎖を連鎖させること。それこそが「暴力」なのだ。

☆32　これは真理をめぐるギリシア的な問題である。真理とは「忘れていること」（*lanthanesthai*）の井戸から、忘却（*lethe*）の河から、気づかずにいることからあらわれるものだ。

☆33　「おお時よ、翼を休めよ！」。欲望のままでありつづける欲望を実現した欲望……。

マリー＝ジョゼ・モンザンは「イメージに命は奪えるか☆34」と問いかける。

あくまでも聖像にこだわり、聖像というものの意味の系譜を辿ってみるのもいい。それも立派な哲学だ。だがいまや問題は、ビザンティン芸術やルブリョフの聖像と、巷にあふれる代理店のイメージが、いまふうに言えば「全然関係ない」〔rien à voir：見るべきものはなにもない〕ということを忘れないためにはどうすればよいかということにある。

イメージが「暴力」（「命を奪うもの」？）となるのは、その「主題」のせいではない。暴力と映画のあいだに関係があるのは——田園恋愛ものや虐殺テロものといった——映画のテーマのせいではない。そうではなく、ストロボでブツ切りにする、スーパースローやハイスピードのような絵空事を見せる、マイクロサイズの爆発を起こす（マイクロサイズを爆発させる？）といったぐあいに、イメージとは物に対する暴力なのである（撮影〔prise-de-vue：見えるものを取る〕場所がスタジオであれ現場であれ）。太陽のフレアを見るにはテクノロジーが必要で、それがなければ見えるようにはならなかった。というか、見えるものにはならなかった。イメージはイメージを見えなくする。イメージを見せる技術は、現象から現象にまつわるものを切りはなしている。

☆34 *L'image peut-elle tuer ?*, Bayard, 2002.

イヴ・ボヌフォワとボードレール

イヴ・ボヌフォワの大半のボードレール論を収めた近刊（二〇一一年十一月）は『ボードレールの徴《シーニュ》のもとに』と題されている。コノ徴ノモトニ……。このタイトルの重みに――旗印のようにポツンと置かれた名詞の、一義的にみえる意味の重みに――ボヌフォワの愛読者たちは驚くことだろう。というのも、この思考する詩人は、シーニュ（シニフィアン、シニフィエ、レフエラン）を礎とするソシュール用語で言うところの意味作用《シニフィカシオン》を抜け目なく批判しては、意味と意味作用は異なるということ、そして、「言葉がことばになる」とき、ことばから現前があふれ出るときには、意味と詩もまた異なるのだということを唱えてきた人なのだから。

「ボードレール」とは、詩《ポエジー》とは何かを、いまあげた本の巻末に劇的に描かれているような差し迫った状況にあってもなお、詩《ポエジー》とは何でありえるかをボヌフォワに語らせているものの名前である。ボードレールとマラルメというふたつの意志のあいだでは、「昔から言語のなかに潜んでいるドラマが演じられているのです。しかし「未来の現象」が書かれ、ボードレールがそれを読んだときから、このドラマは加速する。そして今日ではその幕切れが近づいているのです。」[☆35]だとすれば、たしかに状況は差し迫っていると言えるだろう。

イヴ・ボヌフォワが幾度となく放ってきた考える矢の標的。思慮ぶかい読者にとっても、この弓の名手の矢先を自前の照準器で捉えるのは並大抵のことではない。言ってみれば、禅師が中心の中心を捉えようとするようなものである。周知のように、現前、有限性、「未分化」……などといった重要な単語には、読者にそのことを思い出させ、怖じ気づかせるだけのものが込められている。彼の詩学は明瞭な表明（「言葉がことばになる」[★38]）のうえに成り立っており、主要命題はじつに単純なのだが、この単純さが難しい。単純なものとは、まだ分析されていないものなのだから。

「詩《ポエジー》における批評のために」[☆36]と題された最後からふたつめの章は、代表的な詩篇の分析に富み、読者を明晰さの中心へといざなう。「（……）太陽の光の再生よりも、その光のなかにある確かなことの再生を伝えるために（……）思考は主張することなく、口を閉ざしたのである。『悪の華』というテクストの意味作用の分析だけでは、言葉の向こう側にあるこうした現前の経験を予感することはかなわないだろう。」

はじめにひとつだけ弁明をしておくと、これから行なう考察は、著者であるわたしの名におい

☆35　『ボードレールの徴のもとに』（*Sous le signe de Baudelaire*, Gallimard, 2011）、四〇八頁。傍点はわたし（M・D）。

★38　言葉の「音」には意味作用（概念）を介さずに「意味」を呼び覚ます力があると唱えるボヌフォワは、この「意味」に達する「言葉」（mots）を「ことば」（parole）と呼ぶ。ルビなしの「言葉」はmot(s)、「ヴェルブ」とルビを振った「言葉」は本来「神の御言葉」を表わすverbeの訳語であることに注意されたい。

☆36　前掲書、三四九―三八五頁。

て述べさせてほしい。わたしには「言葉がことばになる」よりも、「肉体が言葉《ヴェルブ》になる」という表明のほうが好ましい（こちらの表明に「取って替える」とは言わない。詩学者としての責任は人それぞれにあるのだから）。以下、この違いをもとに展開してみよう。この違いは「原則」も同然であるとあらかじめ言っておきたい。たしかにこれは不気味な表現である。なぜなら、御言葉《ヴェルブ》が肉体となるという最初の啓示の文言をひっくり返して、詩人が——創造主がではなく——天地創造をさかのぼるとほのめかしているからだ。わたしは、あえてこちらの方向に、すこしだけ踏み出してみたい。

まずはこの「さかしま」な一歩を、いっとき引きのばすとしよう。ボードレールが精神性や宗教性を抱いていたことは、数々の決定的な伝記素が、内面の日記の格言めいた言葉が証明している。これらの伝記素は——もちろんこれはわたしなりの読みかたなので、ここには「わたしが思うに」という係数を一度だけつけておくが——キリスト教という心の支えを冒瀆し、降架する要因として、つまり、彼の作品を通じて生長する悪の華として理解するべきものだ。ボードレールの言う精神（「わたしの精神よ、おまえは軽やかに動いてゆく」）とは異なる意味の精神的《スピリチュアル》なものを彼の詩に塗り込めてはならないだろう——もちろん、ボヌフォワがそんなことをするわけはない。それと同じで、伝統的なリズムで書かれたこのフランスの名詩に隠された韻律法（とは、未刊に終わった『悪の華』序文の冒頭の術語である）[☆37]から、意味の美しさを

☆37 「ラテン語や英語のように、フランス詩にも知られざる神秘的な韻律法があるということ。」

奪ってもならないはずだ。

だがイヴ・ボヌフォワは、いまかいまかと不安げに「幕切れ」を待ちながら、「聖別」のマラルメと「受肉」[☆38]のボードレールという「ふたつの意志」の差異を刃のように研ぎあげる。[★39]そうして、回復の瞬間を、「未分化」の瞬間を、現前の瞬間を取り戻すべく、最後には……ボードレールの詩をボードレール自身から引きはなしているのだ。ボヌフォワは、マラルメが最初のボードレール論で「文学的夢想」と呼んだであろう部分をボードレールの詩から濾過し、「良き」部分と「悪しき超越」をふるい分け、その「良き」部分だけを世界からも文学からも孤立させる読みかたをしている。このような砂金採りは、代価が高すぎやしないだろうか——待っているのは破産だろう。彼は「ことばになる言葉」だけを慎重に選り分け、詩《ポエジー》を文学から引きはなすべく、詩人が苦労して生みだしたはずの詩の内在性を見放しているのだ。これとは反対に、脱肉とは——「言葉《ヴェルブ》になる肉体」のモチーフをひとことであらわす言葉であり——離肉ではなく、再受肉なのだ。この点を云々する前に、ふたつに分かれた詩学を導く、「幕切れの近い」この「言語のなかに潜んでいるドラマ」について、ひとこと言っておかねばならない。もっとも、彼の言う危機的なムードに異を唱えるつもりはさらさらない。わたしはただ、このドラマはどちらでもないものによって、ゴルディオスの結び目を断つ〔難問を力づくで解決する〕ように幕切れとなるのではないかと懸念しているのだ！　このドラマは、ロゴスからロゴへの、（「言

☆38　これらは最後の四〇八頁にある表現である。

★39　詩を純粋観念として現実から「聖別」するマラルメと、マラルメ的な理想を抱きつつも、有限なる現実（死）を「受肉」するボードレール。ボヌフォワはマラルメとボードレールという「ふたつの意志」をこのように対峙させたうえで、ボードレールの側に立つ。

語における」）論理性《ロジシテ》からソフト《ロジシエル》への、言語から「ほかのメディウム」への「純粋かつ単純な」（超複合的な）脱出によって、幕切れとなってしまうのではないだろうか——今日の人々は、言語を「数あるなかの一メディウム」だと思っているのだから。

ボヌフォワの主張は「日常のことばでは、意味作用が現前を覆い隠している」というものだ。人が言葉の音を音として聴くとき、概念的なものによる支配が、解除されるとは言わないまでも、ゆるむことがあると彼は言う（三六五頁）。わたしの経験からして、話す存在の経験にとって、音と意味はそこまで切りはなせるものではない。せっかくなので、この議論に（結び目のこんがらがった幕切れに）バンヴェニストの主張も混ぜてみたい。わたしはボヌフォワと平行してバンヴェニストの遺稿の束を読んでいたので[☆39]、危険を承知で、彼の主張に抗してこう言ってみよう（コウ言ッテモ赦サレルナラ）。詩の言葉は特別な言語学を必要とするようなものではない、と。詩《ポエジー》の言語と「日常言語」はさほど異なるものではないので（ヴァレリーに言わせれば、踊るのも歩くのも同じ体がすることだ）、詩の作用とは、詩散文と散文詩をつなぐ隠れた原動力以外のものではありえない。わたしの好きな例をひとつ、ごく簡潔にあげてみる。分音とeの無音化によって、悪と無限は拡張（expan-si-on）し、言語（フランス語）のなかにどこまでも内密に（ロマン主義ふうに言えば、どこまでも無限に）組み込まれる。この拡張によって魂は引きのばされ（アウグスティヌスの時間性における魂の延長のこと）、両者はさらに混

☆39 Émile Benveniste, *Baudelaire*, Lambert-Lucas, Limoges, 2011（解説・転写クロエ・ラプランチーヌ）。次章参照。

ざりあい、いっそう隔てあうと言えるだろう。言語学的考察における言語の意味作用（言語は音楽ではないし、言語学は楽譜ではないのだ）と、わたしたちが日常会話で「生きる意味」とか言うときの意味とは、そこまで切りはなせるものではないから、意味は言葉にできないものだと言って片づけることはできない。ボードレールは悪から美を引き出そうと言った。あるいは、美によって意味を引き出そう……言語における美によって。

＊

ボードレールからマラルメをそこまで引きはなさなければ、イヴ・ボヌフォワほどに引きはなさなければ、「昔から言語のなかに潜んでいるドラマ」の「破局的」な幕切れを回避する（遅らせる？）ことができるかもしれない。そう考えてみると、重要なのは、何度でも赤く熾る燠のようなボードレールの象徴の詩学を用いて、アイステシスとノエシスを、直観的かつ概念的に溶けあわせることだろう。ここでそのプランを立ててみたい。二人の詩人の決定的な違いを保ったままで――ひとつこんなふうに考えてみよう。

わたしたちのためにと考えたとき、マラルメはボードレールほど「現代的」ではない。なぜなら、ボードレールがわたしたちに伝えた虚無主義《ニヒリズム》は、不可知論的な敬虔さとともにあるのだから――虚無主義を完成させつつあるわたしたちには、そんな彼の虚無主義という渡し守が必要なのだから。彼の詩《ポエジー》は人間の条件とともに、そしてわたしたちが理解することのできる美しさをもった言葉すなわち意味とともに、虚無主義の糸でかたく結ばれている。彼は物が言うことを（魂の死んでいない）敬虔な魂《ひと》たちとともに分かちあっている——敬虔な魂を抱いたまま「死せる魂《ひと》たち」とともに分かちあっている（「死者たちは、かわいそうな死者たちは……」）。

直観とはとても古い歴史をもつ言葉で、見ることと考えることは不可分であると告げている。意志に先立つ直感的なまなざしで、〈全体〉をではなく、〈全体〉に相当するひとつの全体を（ボードレールが好んだ言葉でいえば「無限の縮図」を）ヒトメデ見ること。思考とはそのようなものだ。図式のなかで「超越」作用の核をなすのは想像力である。図式とは、ある状況が例示するものをその状況のなかで読みとくために、想像力に満ちた「可能態」を「現実態」として機能させるものである——これを「鋭利な経験論」という。

感覚《サンサシオン》は詩とは関係ない。倦怠、憐れみ、憎しみといったものは感覚ではなく、あふれ出す実存論的な情動である。対象ではなく物のように、境界をもたない情動である。〈倦怠〉は世界を「呑み込む」わけだから、どんな感覚も超えてあふれ出すものだ。世界に対象《オブジェ》〔客体〕はない。親愛なるロシアの詩人ヴァディム・コゾヴォイは、この言葉が好きだった。★40

★40　シャール、ミショー、ブランショら多くの作家と交流のあったコゾヴォイは、仏近現代詩の露訳者としても知られる。ドゥギーはジャック・デュパンと三人で彼の詩を仏訳した。コゾヴォイの死後出版された『世界に客体はない』(*Le monde est sans objet*) は、生前に発表されたエッセイおよび対談集。表題の **objet** の訳語は対象よりも客体がふさわしい。ドイツ人画家クラナッハの《アダムとイヴ》について、自分たちが裸であると知ったアダムとイヴだけでなく、そのまわりに描かれた動植物さえ微笑んで見える——微笑みに「顔」はいらない、奈良の弥勒菩薩の微笑みは「爪の先まであふれている」——と述べるコゾヴォイは、客体の世界を破壊する笑いに対し、微笑みは主体と客体の区別そのものを消し、主体も客体もない世界を生むと唱えた。

では「気持《サンチマン》」はどうか。答えはイエスだ。もっとも、ここでいう気持とは人が単に感じたり抱いたりする気持ではなく、そのときに「思考として」出会うもの、つまり読むべきものとしての気持である。気持とはたぶん、概念的(哲学的)でもなければ失語症的(無口)でもない思考のことだ。表現力をもった思考とでも言えばいいだろうか。つまり、こうして生きて存在しているわたしたちの「条件」が分かちあっているすべてのことを礎として、読者がまるで「自分自身の体験」のように思い出すことのできる経験をふと思わせてくれる思考のことだ。詩は、わたしたちの「条件」が普段はわたしに言わないことを言わせようとする。そして、それがわたしを広げてくれる(純粋な精神は言葉の樹皮のなかで育つ)。

詩のなかに香りと書かれていても、それ自体は「匂い」でも「感覚」でもない——それなのに、わたしの体は「立ちどころに」その香りを嗅ぐ。香りは言語のなかで、このような変化を起こし、象徴となる。それが詩的経験と呼ばれる経験だ。詩のなかの香りとは際限のなさの形象のようなもの、雲のような、あの不思議な雲のようなものだ。それはひとつの拡張の形なのだ。

リルケは物が存在しなければ世界は存在しないと考えていた。物とは対象ではない。つまり、はっきりとした輪郭をもつ知覚対象ではない。物はひとつの世界のなかにある。物の世界、それはひとつの世界として、さまざまな世界に向けて開かれている。世界は物でできている——クローデルの部分格を使って言えば、「物（の一部）」(des choses) でできている。

正しいことを言えるロゴス（言葉《ロジー》）をもつものはみな、存在者であり物である。「存在」とは、言われる存在のそばにあるものだ（ボヌフォワが思っているよりもそばにあるものだ）。なぜならわたしたちが話しているものは、ただひとつのものではないのだから。物とは、雲また雲と浮かんでいる雲なのだから。どんな物のなかにも、ともにある存在や、近寄せられる存在や、交換できる存在が潜んでいる。物とは、こうした存在たちが秘めている（果てしない）可能性によって、話す想像力のために「拡張」してゆく雲なのだ。想像力が世界に広げる可能なかぎりのこと、それが「世界」となるのだ。

そのような拡大のために力を貸してくれるものとして、意味形成性★41というものがある（これは論理性《ロジシテ》に属するものだ）。こんな「詩行」を聴いてみようか。

「きみのもとめていた〈夕ぐれ〉(*Soir*) が、降りてくるよ、ほら」〔『悪の華』三版「瞑想」〕。単語《ヴォカーブル》は「フランス語の」音域の垣根をこえて、のびのびと意味を形成する。そんなところにも耳をそばだてながら、単語の響きを聴いてみたい（単語が言うことを聴いてみたい）。言葉の響きは

★41　signifiance：定義に揺れのある語だが、ここでは「単語の同音性」（一六四頁）、つまり「ある単語の響きがその類音語を喚起する性質」といった意味。

韻や類音やエコーを生み、それが意味作用（シニフィエ）を呼び出し、意味へと向かう。フランス語のなかで、soir という単語はどんな親族たちの声を、どんな家族の歌★42（アリア）を聴いている（聴かせてくれる）のだろう……。soir（夕ぐれ）、noir（黒）、voir（見る）、Loire（ロワール川）、croire（信じる）……すべての《hoir》（相続人）たちを……詩は聴診する。

＊

同時に（詩は感覚ではなくマラルメの言う「暗示」であるということ、そして、物は対象ではないということと同時に）大切なのが、意味の美しさである。

どういうことか。たしかにボードレールは美しさについて語っているが、彼の言う美しさとは、女性における美しさであることが多い。二重三重の人格をもつ女、石の女、通りすがりの女、色のあせた女……といった女性の美しさについてなぜ彼が語るかと言えば、女性＝美は美しさの寓意として用いることができるからだ。しかし、わたしがいま問題としているのは、母国語に固有の言葉における美しさ、言葉で書かれた詩がなければ想像も例証もできないような美しさだ。詩――わたしたちの目と耳がつかんで広げるもの、言葉でできた物――の素材（詩のよりどころ、詩の技術《テクネー》によって加工すべき質料《ヒュレー》）は話すことであり、詩《ポエジー》は話すことによって考える。意味とは美しさに関わること……言語の美しさに関わることだ。詩のなかで「大切

★42　air de famille は「家族のような様子」という意味で、avoir un air de famille で「（家族のように）よく似ている」。air には「様子」のほかに「歌」の意味もある。ウィトゲンシュタインの「家族的類似性」をふまえた言葉遊び。

なこと」、それは言語で聴きとって理解できることだ。それは、言語にとってあらゆる範囲で、無理のない言いかた（転義）のなかだけにある（「トンチンカンなことを言うんじゃない！」〔qu'est-ce que tu n'es pas allé *chercher* !：きみが探していないものは何だ！〕）。わたしたちがどんな言葉を口にするときも、その背後には詩学の公理が控えているというか、超然とつかさどっているのだ。この公理はランボーが提示したものだが、可能性の条件のように古めかしくもあり、真新しい実践のように現代的でもある。わたしたちが口をひらけば、そんな詩学の公理も口をひらいてこう告げる。言われることとは、文字通りの意味かつあらゆる意味で、言われ、理解されるのだと。[★43] 意味は注ぎ込む。そうして、解釈という井戸を掘り下げ、比較という沖に「飛び込み」、迂言＝敷衍《ペリ゠パラフラーズ》によって表現をうながす。なぜなら意味は美しいから——逆に言えば、意味が美しいのは、人がまだそれを理解することができるから。「わたしの詩の意味は人々が与えてくれる」とはヴァレリーの好んだ言葉だ。ここまで念入りに見てきたボードレールを例にとって言えば、彼は **pieux/piété**（敬虔な／敬虔さ）というフランス語の意味を、分音の美しさによって広げてくれた。音と意味は協和する。もうひとつ思い浮かぶ例として、ヴィニーの十二音節詩句《アレクサンドラン》がある（十二音節《ドデカシラブ》詩句とは言うまい）。« Mon amour taciturne et toujours menacé »（無言のまま絶えず危機にあるわが恋人を）。ルネ・シャールも愛したこの一行は、四つの短短長格で成り立っている。[★44] フランス詩法の秘訣は、音の長短と強弱にあるとボードレールは言った。

★43　ランボーの妹イザベルによれば、母親に『地獄の季節』の意味を問われたランボーは、「ぼくはそれが言うことを言いたかったのです、文字通りの意味かつあらゆる意味で」と答えたという。

★44　ヴィニー「牧人の家」の結句（正しくは「きみの恋人を」（Ton amour））。短短長格とはギリシア・ラテン詩の韻律法で「短音節＋短音節＋長音節」の組合せのこと。この詩句は四組の短短長格で朗読できる。ただし、脚（長音節と短音節の組合せ）を単位とするギリシア・ラテン詩と違い、音節を単位とするフランス詩に短短長格のような脚の概念を適用することは一般的ではない（が、ドゥギーはこの詩句を十二の音節からなる詩句というよりも四つの脚からなる詩句とみなしているため、十二を意味する dodéca ではじまる dodécasyllabe（十二音節

フランス詩法の秘訣とは、観念でもなければ感覚でもない。それは言語の断片であり、文意〔意味作用〕をたよりにゆっくりとやって来る意味なのだ。それは楽譜ではない。メロディーは詩に何の「意味形成性」ももたらさない。

そこには文意が生む意味があふれており、意味はこぼれ落ちないようにしがみつきながら、思いもよらない読みかたをする心の広い読み手を待っている。思考は美しさのなかで、言葉の美しさのなかで正しく響く。思考は言葉の美しさのなかに現われる――それを「わが子のように」感じることのできる人の前に現われる。この美しさのおかげで、耳の聴こえる人には、詩のなかで踊り出る声や控えめに佇む声が聴こえる。正しく理解できることは明瞭に述べられる？　逆だろう。美しく述べられることには考えられることがあふれている。美しさとは、注意ぶかい聴き手＝話し手に注意を促すものである。

詩句）という語を避けている）。また、フランス語は音節の長短が明確でないため、ギリシア・ラテン詩の音節の長短はフランス詩では音節の強弱に相当するが、ドゥギーのように音節の長短も重視する詩人もいる。英語などと違い単語に強勢位置の決められていないフランス語では、強勢は原則として句（語のまとまり）の末尾に置かれるが、抑揚のつけかたは文意と不可分なものである以上――「強勢は意味の頂に止まる」（アンドレ・スピール）――読み手に委ねられる部分が大きい。

「詩的言語」は存在するか

バンヴェニストに異を唱えるのは危険なことではある。本章にはわたしがこの教師に訊きたかったことを丸ごと収めており、☆40 いっそすべての文を疑問文にしたいぐらいだ。この章ではふたつの関心事がもつれあっている。まずはこの学者が山のような覚書のなかで何度もくり返している主要命題を検討してみたい。そしてそんな彼のテクストを飛び飛びに追いかけてみたい。とはいえこれはテクストではなく、彼の引用や考察や仮説を——つまりは研究を——編纂した遺稿集である。バンヴェニストが一生をかけて、特に一九六七年にせっせと書きためた、というか書きなぐったこのぶっきらぼうな覚書は、彼のボードレールへの愛の賜物であり、本書はじつに七六〇頁にも及ぶ。☆41 ここでは七六〇頁も読めないどころか、本書の詳細を切りとって要約するだけでも紙幅が足りなくなるだろう。それゆえわたしは、本書の余白に記したメモを——ほとんど無作為に——ほんの少しだけ抜き書きしておくことにする。わたしがこの本を読みながらため息まじりに呟いた傍白のいくつかを、一般論としての対立仮説とともに、ここに書き出してみるとしよう。

☆40　一九七三年、あのどんよりした朝のことを思い出すと、いまでもこみあげてくるものがある。あの日の朝、わたしは今年のエミール・バンヴェニストの講義に出てみようと思った。コレージュ・ド・フランスの小教室の前には二十人ほどが待っていた、当時は人もまばらな場所だった。待てども待てども彼はとうとう来なかった。すると職員がやって来て、エミール・バンヴェニストは今日の授業はできなくなったと言った。それからほどなくしてわたしたちは、彼を襲った失語症と麻痺という不幸のことを知り、そのまま彼は帰らぬ人となった。のちにピエール・ノラが教えてくれたのだが、ヤコブソンはバンヴェニストの枕元で、合図のような手段をたよりに彼とコミュニケーションを取っていたという。

☆41　Émile Benveniste,

本書を通してくり返されているエミール・バンヴェニストの主張は、つぎのように要約できる。「詩的言語は、詩的言語として、詩的言語のために検討されるべきである。詩的言語には日常言語とは別の意味作用の形態があるので、違った定義づけのための装置を受け入れねばならない。詩的言語は異なる言語学を必要とするだろう」（十二頁から引用）。

この仮説を裏づけようとする考察や推測は枚挙にいとまがない。以下いくつか言及してみよう。とはいえ、仮説とは狭義の判別式に照らすだけでは成り立たず、ときに反例を抱えこんでゆらぐものだ。簡潔に言えば、仮説とはみずからに背くものである。そう考えると、仮説というものを誰の目にもはっきりとした境界でかっちり限定することを妨げ、そのゆらぎを生んでいる障害を見極めることのほうが大切なのではないだろうか。言語学は詩学ではない。

エミール・バンヴェニストに仮説《イポテーズ》を煮つめて命題《テーズ》にするだけの時間がなかったことはたしかに悔やまれる。だが、前衛詩人たちが実験に次ぐ実験をかさねるなかで、詩とはこういうものだと見分けるためのものを、これまでの詩人たちが伝統的にくり返してきた本質的なものを大衆的な読者から奪い、大衆という読者を見放したという危機的な状況があり、そんな状況が言語学をふたつに分断してしまったと言える。もはや新旧論争の単純な（とあえて言っておく）二元論の図表では、とっくに収拾のつかない事態になっている（少なくとも思い返してみれば

Baudelaire, Lambert-Lucas, Limoges, 2011（解説・転写クロエ・ラプランチーヌ）。

そうだ）。前衛詩人たちの大胆さと危うさ（典型的な例をあげれば、詩文の句読点の消去や濫用、恣意的な改行やスペースや中断、「シュルレアリスム」とはナンセンスの同義語であると読者を説得させた（断念させたとは言わないまでも）シュルレアリスムという「破局」☆42）は、狼狽した「読者」を遠ざけ、そればかりか、詩《ポエジー》の状況を「安定」させようとして息切れを起こした言語学をふたつに引き裂くという結果をも招いてしまった。「ソシュールの狂気」☆43にはじまって、ジャン・コーエンからこのバンヴェニストらにいたるまで、（ラカンいわく）「言語学屋」は言語機能をめぐる「特殊言語学」を、ヴァレリー、ポンジュ、ポーランをはじめ——さまざまな詩人や作家たちの詩学をめぐる「詩的言語」から切りはなす傾向にある。たとえば、ジャン・ポーランにとっての鍵☆44とは、「あるがままの言葉」と詩のなかの詩《ポエジー》の性質に違いはないというものだ。両者は違うどころか、「どんなに初歩的な言葉にも詩《ポエジー》と同じように神秘が潜んでいる」（八二頁）、「わたしはあるがままの言葉のみについて語ったが、思考についても明らかに同じことが言えるだろう（……）。意味はひとたび定まるやいなや、言葉と同じように、総体として必要不可欠なものとなり、その内側ではやはり釣合いを取り、応答を交わし、はなればなれの要素がひそかに手を結び、親しげにやりとりを交わしはじめる。言葉と意味はめいめいに、普段の環境をはなれ、新たな力を与えられる。意味には思索の果てに得られた力が、言葉には文字通り言語の力が与えられる。これは言語や思索がもつ力のなかでも高次に達したものであると言える」（八五頁）。要するに、程度の問題というわけだ☆45。

☆42　これはシュルレアリスムの「社会的」な影響の話である——シュルレアリスムの精神と作品が、とりわけ総合芸術として、フランス、ヨーロッパ、そして世界じゅうの「創作」にとって決定的に重要であったことは、これとはまったく別の話である（わたし個人としてはシュルレアリスムへの恩義を折に触れて述べてきた）。

☆43　これは『クリティック』誌掲載のわたしの論考のタイトルである。わたしはここでJ・スタロバンスキーの解説によるイポグラムの「隠れた」理論について論じた（*Critique*, n° 260, 1969）。

☆44　『詩の鍵』（*Clef de la poésie*, nrf, collection Métamorphose, 1944）〔ジャン・ポーラン『詩の鍵』高橋隆訳、国文社、一九八六年〕。わたしはポーランを言語学者として扱っている。

言語学は詩学ではない。

エミール・バンヴェニストからの引用と、それに対立する一般的な詩学を、いくらかの要点にしぼって突きあわせてみたい。争点となるのはつぎのような相違である。（a）感覚と感情（b）イメージ（というあいまいな意味で使われがちな言葉）と比喩（c）散文と韻律法にもとづく詩《ポエジー》（d）（ある「作者」に固有の）特殊な語法とフランス語（FLE――教科として教えられている「外国語としてのフランス語」――ではなく、FLAMこと「母国語としてのフランス語」のほう）。これらの相違の原因はおそらく、この言語学者が「日常言語」をあまりにも縮小していることにある。

感覚《サンサシオン》、感情《エモーシオン》、気持《サンチマン》

バンヴェニストにとって、詩《ポエジー》とは「感情に満ちた言語であり、詩《ポエジー》がかき立てる感情とは、唯一無二と感じられる表現を生む感情である」〔正しくは「表現が生む感情である」〕（五三四頁）。この観点からすると、代表的な詩人はホプキンズである。鍵はインスケープ〔ものごとに固有の本質〕にあるというわけだ。

☆45　しかしながら、ポーランは神秘という言葉を強調しており、この言葉は『鍵』のキーワードとなっている。概して神秘が神秘的なものでありつづけるとしたら――彼のやっていることは右手で押しだすものを左手で押しとどめるようなものだ。そのうえ、あの新古典主義的な文体（当時は文体という言葉があった）もひととおりではない（ポーランは同時代の言語学者たちの「科学的」な専門用語を知りつつも、それを使おうとはしなかった）。伝統的な難解さにつつまれたこの文体のせいで、とりわけかつての構造主義や現在のポスト構造主義の世代にとっては、彼の洗練された皮肉は不可解で廃れた音の響きがする。

とはいえ、いかに「ものごとの固有の姿」を「感じ取ること」（五三四頁）が大切だからといって、ものごとを自分なりの唯一無二の表現にゆだねたところで……何が変わる（起こる）わけでもないだろう。わたしの「体験《ヴェキュ》」（と昨今では言う）の独自性が「わたしだけの言葉づかい」のなかにあるかぎり、それは何もかもを「自己のうちに」閉じ込めてしまうだろう。だが詩《ポエジー》とは伝わる（la poésie se communique）ものであり、個別のものは一般化できるものを通じて普遍化できるものに変わる――ひとつの「コミュニケーション」である。もっとも、もちろん通信《テレコミュニケーション》のような意味合いではなく（バンヴェニストはこの点をくり返し強調している――マラルメもそうだった）、「火の手が広まる」（le feu *se communique*）という表現が思い描く「コミュニケーション」のことである。

こうした取り違え（あいまいさ）の原因はおそらく、「感覚」[☆46]という言葉の濫用にある。「感じる」という（いかがわしい）仲介役のせいで、「感覚」は感情とろくに区別されていない。実際のところ、わたしは「感覚」も感情も「感じる」ことなく詩《ポエジー》を、たとえばホプキンズを読むことができる。もっとも「感情」とはいつでもあいまいで失語症患者のようなもの、口ごもった、ぎこちない感嘆のようなものなので、重要な議題にのぼることがない。つぎのようなことも書かれている。「詩人は世界、自然、人間の全体を相手にし、気持という仲介物をたより

☆46　ボードレールは感性について「誰の感性もばかにしてはいけない。個人の感性とはその人の才能である」と言っている（『火箭』（一二））。最後の一文は、« ethos anthropoi daimon »（性格とは人間の運命である）というヘラクレイトスの有名な公理の訳文に充てたいぐらいだ！

にそれらをつかむ」（二四二頁）。わたしに言わせれば、詩人は話すという手段を、想像力の「論理性」を、文法と修辞という方法を駆使してそれらをつかむ。

詩に「外示物はない」（五四〇頁ほか）と断言されてしまうと、詩には——詩人の——「感性と感情」以外に指示対象がないということになってしまう。これでは「日常言語」だけが示せるような「世界という現実」とのつながりをみずから断つようなものだし、詩が言うことに対して、「ああそうだね、確かにそうだ、こういうものだ」と興奮ぎみに深くうなずいてくれる「読者」を忘れるようなものだ。大切なのは、（ヒトツヒトツノ、はなればなれの）言葉や記号（五四二頁）よりも、全体をあらわす部分《パルス・プロ・トト》や「生の深みを明かす精神状態」（火箭）といった象徴のほうである。たとえバンヴェニストがボードレールを「象徴派」と呼び、彼を最後の論証的な詩人（すなわち散文家）とみなしていようとも。

象徴は……に相当する。隠喩も換喩も象徴だが、「詩的言語は（現実の）外示物を模倣する」（五四〇頁）などというのは的外れである。詩的言語を操る隠喩や換喩は、モデルそのものを……に生み出すのだ！　詩人は（自分が感じ取った、感動的な）ある状況のなかでつかんだ……に相当するもの[★45]を、実現可能なモデルに託して世界に投影することで一般化しているのだ。これは帰納的な操作である——とはいえ、詩人が用いるのは「科学的」な帰納法ではない。つまり経

★45　「相当するもの」と訳した valence は「原子価」（ある原子が他の原子に結合しうる数）を意味するが、この語には「相当する」（valoir）の名詞形、つまり「価値」（valeur）という含意がある。どんなにささいな状況も他のなにかに相当する価値をもち、どんなにちいさな有限も無限に相当する価値をもつというボードレールの象徴の詩学を支える言葉。場合によって「結合力」とも訳出した。

験を反復する必要はない。詩人が用いるのは電撃的な直観である。

(誰しもに共通する経験の)世界を形象する想像力(みずからを形象する想像力)の図式論にもとづいて世界を演出する論理性には、言語学よりも哲学的な詩学が必要だ。「わたしの」母国語の言い回し(転義)が形成する思考は、わたしに言わせれば、文法や論理と同じく根源的なものであり、文法や論理と同じく超越論的な可能性の条件をもっている(これもまた「諸能力の女王」(『一八五九年のサロン』)の詩人にふさわしいカント用語である)。転義について考えることとは「文法および論理の分析」の余分なつけ足しなどではない。転義という修辞の形態は、言葉の飾りではなく——言語の起源にはじめから付随しているものなのだから。言い回しとは、ゲーム内で使っても使わなくてもよい駒ではなく、ゲームのルールを共立する駒なのだ。ゲーム全体をはじめるうえで不可欠な要素なのだ。

詩学を考察の対象外としないような言語学にとっては、日常言語と「詩的言語」は、文法と論理と「修辞」ゆえに、同じ言語なのだ。

……のようであるの根源性の軽視について

言葉には隠喩を生む力があるが、エミール・バンヴェニストはこの力の寛大さを強調すると同時に制限しており、ここには矛盾と言っても過言ではないほどの落差がある。それぞれの端はつぎのように記されている。両端とも、粗描と呼ぶのもためらわれるほどうっすらとしか描かれていないものの☆47——モチーフとしては幾度となくあらわれる。

「詩人は比較する。説明するわけでも、描写するわけでもない」（二五四頁）。

「つぎの原則はとても重要だと思われるので証明すること（わたしにとっては証明済みのように思える）。……のような（*comme*）は……である（être）以外の動詞のみに伴う。ゆえに同一化と比喩は対立する」（二二四頁）。

この——詩学にあらぬ言語学の——理論の勢いには瑕がある。ここには比喩の本質が、隠喩性の根源性が☆48、……のようである［être-comme：……のような存在］の存在論が欠けている。したがって、オート（*auto*）とホモイオン（*homoion*）という二種類の「同性」の違いが欠けている——同語反復性（tautologie）（ものごとの同一性をつかむこと。ものごとのなかにある、よりそのものである存在やよりそのままで同じものをつかむこと。コンスタンタン・ギースはそれを追い求め、ボードレールはそんな彼のあとを追った）と相同性（homologie）の違いが欠けている。相同性とは、

☆47　おそらく、バンヴェニストの主張はボードレールを念頭に置いており、原則としてボードレール「に相当する」ものだ。わたしには、バンヴェニストは詩「一般」に言えることを主張したがっていると思えるのだが、してみるとこれは不当な見かたであり、わたしの批判は的外れということになるかもしれない。とはいえ、「特殊言語学」理論が「詩的言語」に関するものであるなら、この不当は正当化できるだろう。

☆48　ブルーメンベルク。わたしはブルーメンベルクを引用しようと思ったが、彼の膨大な作品から最適な箇所を選り抜くことなど不可能である。

ふたつの異質なもの——または術語——を第三項によって近づけることである。第三項とは、ふたつのあいだに見出された「同じもの《ホモイオン》」であり、非体感的な意味での照応を根底から支えているものである。

以上のことから、バンヴェニストにとって、イメージと比喩は区別も同一視もできないものであり、この点については混沌とした通念のなかにあるという結論が導かれる（あるいはこれは前提なのかもしれない）。この奇妙な難点の原因は、「イメージの崇拝」（ボードレールの「最初の情熱」）が、ブレダンやグランヴィルやドーミエ（など）といった彼の愛する素描家たちの作品のように図像的なものだけでなく、論理性にもとづいた言語における想像力、すなわち比喩にも関わっていることにある。

詩的イメージは「挿絵」ではない。わたしはものを読んだり聴いたりするとき、なんの「図像」を見ているわけでもない。たとえ心のスクリーンのようなところには（「頭のなかには」）、「目に見える」想像的な要素（「物の表象」？）が映し出されているとしても、これはあくまで付随物というか眼のなかの狂詩曲みたいなもので、想像力を形づくる質料《ヒュレー》ではない。バンヴェニストはつっけんどんな物言いで、どうも反対のことを主張しているようだ。「詩的言語は図像的である。詩的言語は、述べる物の観念ではなくイメージを、言葉を用いて提示する」（五五〇頁)。このような二分法は(「概念」を斥けるイヴ・ボヌフォワを支えているのも、やはりこうした二分法ではないだろうか)、アイステシスとノエシスの結合(哲学者いわくア・プリオリな総合)にとっては脅威である。

これまでなんの疑いもなく受け継がれてきた(「形而上学的」な)対概念や二項式を用いるのは、脱構築の遅れというか時期尚早な分析停止というものだ。言語学はこの安易な(諸問題の)「解決」策の受益者であり、ゆえにその犠牲者なのである。

つぎのような主張がある。

「思考はただちに言葉に宗旨変えするわけではない。思考はまず意味作用に宗旨変えする必要があり、この意味作用が適切な言葉を見つける」(四三二頁)。

思考は「……に宗旨変えする」と言うあたり――ふつうに「……で表現される」とでも言えばいいものを――思考と言葉を分割しようとする「形而上学的」な信仰がうかがえる。この信仰の根底にあるのは、内と外の分割である。しかし「表現《エクスプレシオン》」とは「印象《アンプレシオン》」や内面をあらわすものだ。思考は「意味作用」に宗旨替えするがそれはまだ「言葉」ではない、か……。

「正しく理解できることは〔以下略〕」〔ボワロー〕。

もうひとつ言えば、言語を単語の集合体とみなすことは〔「詩人が言語の材料として用いるのは、辞書という材料である」〔四四四頁〕〕、書くという経験によって、「働く」という経験によって、つまりは考えるという経験によってものごとや内面を描写することとは反対の向き《サンス》〔意味〕のことなのに、バンヴェニストはそのようにして、日常言語と詩的言語の相違に関する問いに単純な答えを出したのだろう……というのも、他でもない「詩的言語」とは単語の問題ではなく文章の問題であり、文章の連なりの問題であり……「作り変えられた／すべての／単語」〔マラルメ〕の問題なのだ。もっとも、では日常言語はただのスクラブル〔アルファベットを組み合わせて単語を作るゲーム〕なのかと言えば、もちろんそんなことはない……。

韻律法

韻律法〔韻律学と「意味形成性」を指す広義の韻律法〕に関するつぎのような指摘に同意せずにいられようか。「詩の範列は、当該の単語がふくむ韻の可能性全体から成り立っている」〔六六二頁〕。だが、つぎの但し書きにはただちに異を唱えたい。「その対象は行末の部分にかぎる」。

この事柄に関してはすでにいくつか例をみた。韻《リム》という語と韻を踏んでいるとはいえ、詩人の「気まぐれな剣術《エスクリム》★46」はなにも「行末の部分にかぎる」わけではない！　このルールはもっと徹底的に一般化せねばならないのだ。最大は最善なりだ。原則として、詩文はその隅々までヒアリング制度の対象となっている。人間の言葉☆49のどんなにかすかなざわめきもその制度下にある。

頭韻や類音、アナグラムやイポグラム、無理のない音の置きかえや☆50、言葉の原型がわかる範囲での故意の言い違い。こうした想像の（ボードレールいわく「気まぐれな」）「剣術☆51」は、「切っ先」の鋭い（古くは鋭敏さ《アグデッサ》と言った）剣さばきを想像力に授けてくれる。詩の意味形成性（ヴァレリーいわく「音と意味のあいだのためらい」）は、「海辺の墓地」の風のように、言語という思考の「楽　器《アンストリュマン》☆52」がのびのびと響かせる共鳴音や協和音を舞いあげるものだ。

詩とはシニフィエの連鎖式であると同時にシニフィアンの連鎖式でもある。意味はこのゲームを通じてやって来る。これは特有のルールをもった特別な言語内の特殊なゲームではない。新たな言語学の光を照らすことではじめて明らかになるような、秘密の製法にもとづいた秘伝の言語のゲームではない（誠実で鋭い読者だけがその失われた鍵を見出せるような神秘でもない）。そうではなく、話すことがゲームなのだ。わたしはどう考えても「生まれもった」わた

★46　「わたしはひとり、気まぐれな剣術に磨きをかけにゆく／角を曲がるたびに、偶然が生む韻を嗅ぎわけながら」（「太陽」（八七））。

☆49　さまざまな文学作品のなかには、花や鳥たちが「言葉」を話すとほのめかす奇想天外な作り話がある。だが、彼らの「言葉」は「みずからに話す存在（互いに話しあう存在）」の言語ではない。詩の精神は、鳥やクジラたちが「話しあっている」ように見せかける。これはあくまでもひとつの喩えであり、そのような喩えを用いることで、たしかな意味をもつ言語の確固たる全容に読者の注意を促そうとしているのだ。言語は「音を出す」。物音や「時のざわめき」を立てる。それで何語か判別できるわけだ（あれはドイツ語だな、スペイン語だな、というふうに）。人は耳になじみのない外国語を

しの言語以外の言語でこのゲームをプレイできない、つまり聞くことはできない。翻訳者の夢とは統制的理念[★47]を見せることとさえできない夢なのだ。わたしはロシア語を……フランス語で聞くことはできないのだ！　プーシキンの翻訳者たちは「あなたたちにロシア語は聞こえない！」と口を酸っぱくして言う。クリシェである[☆53]。同じ世界（「わたしたち」が存在し、生き、動いている世界）のなかに、別なひとつの世界がある。詩と詩人は、みずからの「楽器」全体の可能なかぎりの音域を響かせる――他の人々には聞こえない（いまひとつの意味で言えば、理解できない〔entendre：（1）聞く（2）理解する〕）音域を。わたしたちは永遠に聞きあう〔理解しあう〕ことはないのだろう。同等なものとして。すべては翻訳不可能なのだから。それでもすべての翻訳可能性は消えない。すべては翻訳せねばならないのだから。

韻律法とは朗読法[★48]の原則であり、「ゆっくりと読む」ことである。つまり、言うことを聴くことである。（「口」はともかく）耳をちゃんと通すことで「わたしの」言語を味わい、わたしという自分の言語で話す存在の声を、フレージングを、文章の妙を、論証性の力を味わうことができるようになる。バンヴェニストは詩《ポエジー》において論証性をもった「最後」の人としてシャルル・ボードレールを称えている[☆54]。端折ることも、慌てることも、投げやりになることも、（狙ったわけでない、意図せぬ）不快音をくり返すこともあってはならない。リルケは、詩の言葉はすべて言葉そのものでありながら他のものであり――（とりわけ）冠詞の die ひとつとって

聞くと、まるで「鳥の鳴き声」のように美しいと思ったりする（ルイ十四世の宮廷のシャム人をめぐるサン゠シモンの逸話が思い浮かぶ）。かといって、言語は鳥の鳴き声であるというわけではない。喩えをひっくり返して、その喩えのものではない役割を与えてはならない。「それはそのようである、かのようなものである」。これが詩的信念の公式だ。わたしはべつに「人間の信じやすさ」が生むアニミズムのような迷信を抱く人々にケチをつけたいわけではない。たとえ何かのふりをしていても、それとは別な見かけに目を向ける、詩のひらめきとはそういうものなのだ。

☆50　ほんの一例をお見せしよう。バンヴェニストは（死後出版となった）本書の研究計画を伝える最も長大なリストのなかに（三二八頁）、「あるクレオールの夫人に」（六一）の「わ

も、この語がもつ潜在的な力を忘れずに声に出して聴かせねばならないと言った。言葉は他のものであると同時に……言葉そのものでもあるわけで、ということは、無限化のなかでは言葉以外の何物でもありえない。★49 聞くこと＝朗読することは、聞くこと＝理解することにつながっている。

大切なのは「読者の感情に訴える」（六八〇頁）ことなのだろうか。大切なのは（同類であり兄弟である）他の誰かに、その人の言語を、つまりわたしたちの言語を味わってもらうことだ。本当の意味で「万人」の感情とは、誰しもに流れている韻律と、自分にも実際に似たようなことがあったと思えるような経験と、言語の美しさがもたらす意味（ゆえに真理）とで成り立っている。 詩《ポエジー》とは「別の世界でしかまぎれもない真実たりえないもの」（六八四頁）であろうというボードレールの言葉を解釈ぬきで引用するバンヴェニストは、一九六七年の「今日」のための詩学に求められているものを放棄している。過去一世紀のあいだに世界は悪化し、ボードレールが予想したような別の世界に、現代の世界に様変わりした。つまり、わたしたちにとっていっそう真実であることを、詩《ポエジー》とはまさにこの世界で「まぎれもない真実である」ということを、バンヴェニストは放棄しているのだ。「高尚な美に対する人間のあこがれ」（六九〇頁）は、もはやわたしたちのものではない。わたしたちはもはや高尚な「別の世界」ではなく、この（低い）世界のための美を待っているのだから。そして下界と言うためには（下界「のように

たしは青ざめた彼女の顔色（son teint）を知った」という一節を引いている。この詩を読むうえでは、ここには「きみの乳房」（ton sein）という音の置きかえや言い違いが必然的につきまとう。

☆51　八十七本目の『華』（「太陽」）。

☆52　この instrument という語は、慎重に慎重をかさねたうえで「楽器」という意味で用いたい。ただし、思考が言葉を楽器として扱うための距離が両者のあいだに存在するというわけではない。

★47　カント用語で、経験の範囲内で認識できる多様なものを体系的に統一する理念のこと。魂、世界、神の三つがこの理念の原理とされる。翻訳者の統制的理念とはさまざまな言語を話す世界じゅうの人々が同じように話し、理解しあうこと。すなわち、人間を神に方向づけるバベルの塔を

見る」ためには?)、「高翔」の原理によって高みを知る必要があるのだ。

「ボードレールにとって、物はあるがままに存在しているのではない。物は、ひとえにそれが訴える人間の気持によって、ひとえにそれが訴える人間の気持のためにある」(五七二頁)。こういう断言にしてもあまりに限定的だ。こうした縮小を生んでいるのは科学性という基準である。この「学者」は「一貫した尺度」で測ることのできる客観的な範囲を作りたいがために、「現象」としてのあいまいさを差し引いた「対象」を生み出している。なるほど科学認識論的にはもっともなアプローチだが——このやりかたでは「術野」の外にあふれ出る現象という領域の様相をぼろぼろと取りこぼしてしまう……この取りこぼしをすくうのは、ふたつに分かれた「言語」(日常言語と詩的言語)をもういちど共有し「結び直す」ことのできる、より現象学的な「詩学」のアプローチである。

なぜなら、わたしたちにとって大切な物とは、ある主題によって、アメリカ人いわく「ホワットアバウトネス」によって(たいていは)はじめて「指示対象」となる物であり、対象ではないのだから。わたしという存在のありかた(たとえばわたしの筆跡)のために、世界内存在のすべてを独特な筋立て(プロット)に則って上演し直すこと。主題とは、そのための母体となるひとつの「状況」を物語る最小限のもののことである。世界に対象はない。バンヴェニスト

築くことに他ならない。

☆53　……ツヴェターエワさえ言っている。

★48　gueuloir: ゴンクール兄弟の伝えるところでは、フローベールは原稿を大声で読みあげることでその良し悪しを判断していたという。

☆54　ヴィクトル・ユゴーのことはどう思っていたのだろう。

★49　詩とは有限の無限化であるというボードレールの詩学にもとづき、ここでいう「無限化」とは詩を表わす。普段は人が注意せずに聞いている冠詞でさえ、詩のなかでは言葉そのものとして意味をもち、その音と意味とが無限に広がってゆくということ。☆65への補足も参照。

が「彼のパートナーの顔はつねにただひとつ、彼自身である」（二七四頁ほか）と強調する意味での彼自身も、そこでは重要ではないのだ。

言葉と物は、詩《ポエジー》によって詩となったとき、そこまではなれたものではなくなる。そこまで別々なものではなくなる。なぜなら、それは別々なものではないからだ。物の言葉、言葉の物、永遠に探し求められているもの、☆55それは詩によってひとつになる。同じひとつの物になる。「日常言語」にしても同じこと、「正義」や「愛」を語るとき、わたしは言葉のほうの話をしているわけでも、言葉から切りはなして認識できる「対象」のほうの話をしているわけでもない。（日常会話の場合でも「言語学的」に検討する場合でも）混ぜこぜのところからはじめなければならない。つまり文章から、その連なりから、その全体《アンサンブル》からはじめなければならない。内容を掘り下げるのにそぐわしいと思えるような名前もふくめた、（詩や本で言えば）題名もふくめた全体からはじめなければならない。そして物からはじめなければならない。とはいえ、それは知覚という輪郭によってぐるりと囲みこめる対象ではなくて、雲なのだ。雲また雲と浮かんでいる雲、ぐにゃりと歪んでは「不思議な雲」に形を変える雲なのだ。

バンヴェニストに対する不満のすべてをひとことで言えば（これが彼の存命中なら、わたしは注意ぶかく、うるさく、しつこく、かつ恭しく質問していただろうが）、彼には縮小のきらい

☆55　アリストテレスの永遠ニ問イ求メラレテイルモノ〔アリストテレス『形而上学』七巻一章〕から「きみの探しているもの、それはそばにある……」というヘルダーリンの詩〔「帰郷」〕にいたるまで、この表現の歴史を辿り直してみる必要があるだろう。

があるのだ。一般命題は結果として「詩《ポエジー》」の領域を縮小してしまう……しかもそれはヒバロ族の干し首のような相似変換ではなく、むしろ歪曲と言うべきであって、ボードレールはそこに自身の詩《ポエジー》をはっきりと認めはしないだろう。まして彼の詩《ポエジー》の「すべて」を、しかるべき奉遷《トランスラティオ》によって続けてゆこうとする「わたしたち」二十一世紀のための詩学者は、それをボードレールのものとみなすことはできない。詩《ポエジー》とは思考のすべてを賭した、つまりは詩を賭した一か八かの勝負である。詩《ポエジー》が自分なりの戦いを挑んでいるように、「芸術」(arts)とはどれもみな各々の素材を賭した戦いであり、そんな「相同関係」にこそただひとつの統一的な〈芸術〉(Art)という語の正当性があるのだが、「特殊言語学」というものはどうもこの一般(特別なものを余すところなくカバーすること)をめざす野心を履き違えているように思える。バンヴェニストの仕事は不十分だなどという批判が許されるだろうか⁉⁉　つまるところ、この「批判」の矛先は、彼が詩《ポエジー》と哲学をあまりにも切りはなしているという点に向けられるだろう。バンヴェニストは一九四五年の論文で☆56、想像力と理性の対立という旧弊なモチーフを取りあげていた。要するに、カントの図式論的な理性のみならず、アポリネールの燃え盛る理性★50も顧みなかった彼は、勢いそのままに詩《ポエジー》と哲学を切りはなしているのだ。

☆56　この論文はクロエ・ラプランチーヌ編纂の本の一一頁に引用されている(Émile Benveniste, *Baudelaire*, Lambert-Lucas, Limoges, 2011)。

★50　アポリネール「美しい赤毛の女」より。本書の言葉を借りればアイステシス(感性)とノエシス(知性)を融合させた表現と言えるもので、ドゥギーにとっては「詩的理性」そのものを表わす。

観念と感情☆57を切りはなす（五四六―五五二頁ほか）、物と対象を混同して（五五六頁）、詩人はなにかある物について語っているわけではないと主張する（五五六頁）、詩の言葉から意味という可能性を奪い（五四〇頁）、指示対象としての世界を奪う（「詩は指示対象をもたないので……」（五五四頁））というぐあいに、なんでも引きはなして考えようとするところは、イヴ・ボヌフォワの選り分けかたに近いものがある。

「詩人が韻文で言うことは韻文でしか言えない」（五四六頁）。だが、ボードレールはまさしく、詩で言うことと散文詩で言うことをふたつに分けてみせた人である。

エミール・バンヴェニストはボードレールの卓越した知性について語っている（サルトルのように！）。でもそれは、知性というものを詩《ポエジー》の言語の外に締め出すためなのだ――サルトルのように。

「縮小的」なところはまだある。たとえば、バンヴェニストが呼格（二〇〇頁の「おお」について）と呼びかけ相手（きみなど）に寄せる関心は、本書のなかでも精緻でゆたかで……限定的と言えるだろう。祈願の「おお」と感嘆の「おお」を区別すると、詩のあて先が「留保なし☆58」に漠然としたものではなくなってしまわないか。詩の呼びかけが一義的なものであっても、

☆57 「詩が組みあわせる言葉が読者に伝える感情を見出すこと」、「魔法のような音節をくり返すこと」（五五二頁）？ そんなことは問題ではない。「魔法」というクリシェには注意せねばならない。

☆58 ジョルジュ・バタイユに特有のこの表現には、耳を傾ける必要がある……この言葉の真価を、この言葉が相当するすべてを、この言葉が受け容れるありとあらゆる意味を、余すところなく、留保なしに聴きとらねばならない。一般性を一般化しようとするところには問題が生じ、その道をめざす哲学の歩みは（ヘーゲルの「一般」からアルチュセールの「一般性」まで）順風満帆とはいかない。かつてわたしが「一般化した修辞学」を構想した時分（「一九六〇年代」）にも、それは「制限した修辞学」ではないかというジュネットの反論を呼

んだ。それ自体は重要ではなく、この一義性を通じて、呼びかけの受け手や行く末は多義的なものとなるのだ（「キミハ誰ダ」〔神を求めるアウグスティヌスが自身に問いかけた聖書の言葉〕）。だからこそ詩は、通りすがりの読者であるわたしにも（神にも、詩《ポエジー》にも、X夫人にも）向けられている。もっとも、そのことは四四六頁に詳しく書かれている（「詩的言語」という見出しつきで）。とはいえ、この多義性は（いくらでも増えてゆくものだが）なにも空想の産物ではない。詩の呼びかけ相手はあいまいで、ひとりではなく、誰だかよくわからないものだ。しかし、わたしたちが「日常的」に人に話しかけるときも根本にはこのあいまいさがあるわけで、詩的言語はそれを発揮し、活用しているだけなのだ。

*

二〇一一年のファクシミリ版の六八〇頁は、バンヴェニストがあたためていた研究の構想を伝える最後の重要な頁として、丸ごと引用して分析する価値があるだろう。ここでも以下のような主張がくり返されている。「詩的言語が同じ言語であると誰に証明できるだろう。（……）はっきり言って、詩の朗読法も詩の音声学も異質なものであるように、詩的言語とはその素材からして異質なものである。詩的言語は、そのあらゆる様相からして、その全体の構造からして、根本的に特殊な性質をもっているという仮説をまず打ち立てたうえで取り組むべきだろう。」この頁には興味ぶかいことに、ボードレールの「言述」と他のあらゆる言述の違いがわからない人々が抱く「落胆と失望」をイヴ・ボヌフォワも抱いているとも書かれている——ひとつバンヴェニストの言っていないことをつけ加えるなら、この人々とはボヌフォワのように、詩をボードレールから「引きはなす」人々のことである。

どれほどの情熱と学識をもってボードレールに通暁していようと、そこから境界の定められた理論（「言語学」）を「科学的」に打ち立てようとすれば（「詩的機能」を類音に定めたヤコブソンにもいくらか似たところがある）、詩人は自分の時代の、いつの世も乏しい時代の「何のための」詩人かという問いに答えるための詩学の可能性や射程を狭めてしまい——それゆえ（自分の時代の「住むことのできない世界」☆59と闘う）ボードレールの絶望も理解することはできないだろう。それはわたしたちの時代が「詩的」遺産として受け継ぎ、くり返してゆくべきものなのに。

どれほど洞察力にあふれ、切り口鋭く、局所的には「レレヴァント」でも（一度だけ英語を使わせてほしい）、そのような理解では、あらゆる手を尽くして詩《ポエジー》を追い求めようとする偉大な作品にぴたりとついてゆくことはできないだろう。

「詩的言語の理論はまだ存在しない」（四五二頁）という主張は疑わしい。ひとつの詩学とは、あ

☆59　先に引用した『哀れなベルギー』の一節から。

るひとりの詩人の思考（「作品と生涯」と書きかけた）である以上、かつて絶対不可欠な一般性をもったためしはないし、そんなものはもちえないというのはわかる。それは大変結構なことだ。これと同じで、一篇の詩が詩《ポエジー》を「ふくむ」ことなどありえない。詩《ポエジー》とはむしろ詩をうろたえさせる《デコントナンセ》〔ふくみを失わせる〕ものなのだから。かといって言語学者は、ひとつの詩学を、詩学というものを、言語学のなかに押し込めてはならない。それにはふたつの大きな理由がある。まずひとつには、あるひとりの話す存在の言語がその人の言葉に詩の力☆60をもたらすには、あらかじめその人の言葉づかい（その人に特有の「日常的」な言葉づかい）が「詩性」によって潜在的に詩の力をもっていなければならないはずなのだ。

作家ごとに言語があるわけではないし、まして話者ごとにあるわけもない。わたしの言語、それは生成途中のしかじかの年齢にあるフランス語であり、わたし自身の創意工夫といえども、このフランス語に、ひとりの主体のなせる範囲内で「独創的」に従っているまでだ。日常的にそぞろ歩きするのも、踊ることができるのも、同じひとつの体なのだとヴァレリーが言ったように。

そしてもうひとつ、専門用語や専用表現を作りあげるのが「特殊言語学」だとすれば、詩学とはまさしく、根ぶかい土着性や自然性の名において、何かをふと思うときでも、それを哲学的

☆60　……これはメルロ＝ポンティの言う「物を見張っている、物のそばにある力」なのかもしれない。

に思索するときでも、どちらも同じ言語で考え、話すものなのだから。生みの親などわからないほど太古の共通語がもつ大切な言葉や大切な発音によって考え、話すものなのだから。ひとつの詩学にとって大切な用語や共義素とは「万人の」ものなのだ（いくつか例をあげれば、敷居、地平、高翔、比喩、超越……）。これらの語が（思索を通じて）、考える想像力のイメージと同質の解釈項となる――思考の用語や思考する用語、形象する用語や形象の用語はそうやって生まれたものであり、〈他所〉からやって来たわけではない。わたしたちはいまや、そしていつまでも、形象として、たとえとして見ているのだ。

「隠喩」のもとで、話すことで（みずからを）形象する想像力が演出する世界のもとで

わたしは多くの現代詩人や詩学者たちと、彼らの言葉でいえば「表象」の問題について話しあっている。彼らにとって「表象」の問題とは、えてして隠喩性の問題であり、詩は、「詩」のエクリチュールはこの隠喩性の支配を受けないというのが彼らの主張である。これは今日の重大な問題なので、腰をすえて考えてみたい。いまの若い書き手の多くはエクリチュールをはなれる支度ができており（出発の準備が聞こえてくる）、そうすることでひとえに「隠喩」に対する説明をやめてしまおうなどと議論している。「類推的な《アナロジック》もの」に対する説明を、と言ってもいいかもしれない。いざ脱出しよう!!　論理性《ロジシテ》から脱出しようというわけだ。もっとも、ここでいう論理性とは、アリストテレスの三段論法でも現代論理学の命題計算でもなく、きわめて単純かつ考古学的な意味で、思考の言語性のことであり、人間を構成する「ロゴスでできたもの」のことであり、要は言語のことである。彼らの言葉でいえば、他の「メディウム」へ脱出しよう、写真や図像といった意味の「イメージ」というメディウムや、身体（「わたしの身体」）というメディウムへ脱出しようというわけだ。

「口のなかで舌《ラング》を十回まわしてからしゃべりなさい！」と小学校の先生は言う。口をひらくそばからダイヤや宝石を――はたまたヒキガエルを――「はなつ」さだめにあるおとぎ話の少女のように、言い回しや言いかたや転義のない言葉など、「修辞」のない言葉など（注意して聴いていれば）ありえない。言語には、言語の洗練には、つまり言語の詩にはもう価値などないと言うのなら、そのとき何が失われるのかを見定めねばなるまい。「修辞学」だろうか。修辞学とは話術であり（古典主義時代には「説得」術などと言ったが、これは対話術のことで、人はひとりでは話せないのだから、つまるところ話術である）、要するに思考術、ないしは文章術である。修辞学の作用は詩的作用と呼ばれ、その仕組みは多種多様な語彙で分類されているが、要はこの世界のありかた、この世界におけるありかたのことなのだ。詩的というのはそういう意味である。この世界に「詩的に住むこと」とヘルダーリンは言った――というわけで、他でもない、ひとつの説得手段として、ここで彼に目を向けてみよう。

＊

アンドレ・デュ・ブーシェが訳した（発見したと書きかけた）[★51]「人生の半ば」というヘルダーリンの有名な詩は、こんなふうに書き出されている。「黄色い梨の状態で／いっぱいの野ばらの状態で／土地が湖のうえにぶら下がる」(En poires jaunes pend / et plein de roses sauvages / le pays sur le lac [...])[☆61]。こ

★51　デュ・ブーシェ訳によるヘルダーリン詩集のなかにこの詩は見つからない。

☆61　« Mit gelben Birnen hänget / Und voll mit wilden Rosen / Das Land in den See [...] »「黄色い梨の実を実らせ／また野茨をいっぱいに咲かせ／土地は湖の方に傾く」（川村二郎訳）。

れは変身とも、代換法とも、提喩とも、交換《アンティドシス》★52とも言える。他にもまだまだ言いかたはあるが、どういうことか考えてみよう。

詩人として住むとは何よりも、方向を定めるということ、前置詞的に存在しているということだ。

梨がぶら下がる（pend）？ これは科学的な記述ではない。科学者にすれば、梨が「ぶら下がる」わけはない。それでも梨はぶら下がる。これはひとつの代換法なのだ。かつてわたしは「玉葱が大陸のようにぶら下がる」という美しい書き出しの詩を詠んだ。物同士をそっくり取りかえてしまうという寸法だが、これは言語「のおかげで」、言語「のなかで」（のために）催されるスペクタクルなのだ。固有の意味、決められた意味、ただひとつの意味など存在しない。梨は……のようにする。梨のすることを表わすぶら下がるという語が示しうるすべてのことを、梨はそのようにする。これは命題的な記述であり、坂（pente）といった語との類音（シニフィアンの類縁関係）とはまた別の事柄である。梨は——玉葱、大陸、首吊り、雨、鍾乳石などとともに——ぶら下がるという点で共通《コマン》（ひとつのよう《コム・アン》）である。「共通の存在」と言った詩人がいた〔ルネ・シャール〕。物同士が交換しあい、みずからを交換しあい、みずからの（互いの）名前と言葉と文章のなかで、相手のふりをしている。★53 これは「交換《アンティドシス》」、つまり贈りあい

★52 古代ギリシアのアテナイには軍船の艤装などの「公共奉仕」のための富裕税が存在した。納税義務者となった市民は、自分よりも裕福であると思われる市民を選んでこの者に肩代わりさせるか、この者と財産を交換することができた。この制度をアンティドシスという。「交換」を表わすこのギリシア語は、ここでは「代換法」（文中の名詞と名詞を入れ替える修辞）と同義語として用いられている。

★53 「相手のふりをしている」と訳したdonner le changeは「偽物を本物と思わせる（＝だます）」という意味の成句。もとは猟犬に追われた動物が身代わりの動物を立てて追跡をふりきることを意味する。字義通りに訳せば「交換を贈る」。

なのだ（マルセル・モースは人類学の分野でこの点にこだわった）。近しいもの同士の奉仕なのだ。代換法（梨が「ぶら下がること」）とは、この「原初」の交換に報いて（とマラルメなら言うだろう）この奉仕（公共奉仕）を促進するものだ。これはまやかしなどではなく、外見（見えるもの）の、現象学〔phénoméno-logie：現象をめぐる言葉〕の規則なのだ。わたしたちは話すことをやめないかぎり、この規則に囚われて存在しているのだ。

土地は……の状態で（*en*）ぶら下がる。ドイツ語では mit という……黄色い梨の状態で。

土地は梨の状態でぶら下がる。なぜなら梨は、すべてのぶら下がるものとともに、すべてのぶら下がるもののように、ぶら下がるのだから。してみると土地というものは、梨が、ばらや他のものとともにぶら下がるかぎり（mesure）において（とあえて言おう）☆62はじめてぶら下がることができるわけだ。ドイツ人が「ぶら下がる《ヘンゲン》」という語のうちに聴くものに耳を傾けねばならないのかもしれない。ドイツ人はわたしたちにとっての「ぶら下がる《ポンドル》」とは違うことを聴いているのかもしれない。でも、わたしたちよりも多くのことを聴いているわけでもない。誰もがたくさんのことを聴いているのだ。翻訳とはよいもので、別の言語に飛び込んでゆける。どの言語もめいめいに、この低い、重力の世界で、物がぶら下がることについて、物がどのようにぶら下がるのかについて、考えかたをもっている。

☆62　mesureという語はあながちわるくない。これはパラメトロン（*para-metron*）というギリシア語の訳語で、このギリシア語には喩えという意味もあった。万物の尺度（paramètre）は人間であるとプロタゴラスは言った。

「……の状態でぶら下がる」。これは隠喩性である。「隠喩」を信用しないのは、土地なんてものがぶら下がるはずはないだろうと言って、「土地」には、その仲間たちの状態でぶら下がることが、その仲間たちとともにぶら下がることができると認めたくない人だけなのだ。……の状態でぶら下がる。これはイメージである。ただし、ひとつの比喩としての、あってもなくてもよい「挿絵」としてのイメージではない。そこにあるものの見えかたとしての、「現象」としてのイメージである。存在を現象学する〔phénoméno-logiser：現象を言葉にする〕☆63 言語のなかに想像的に現われる世界である。言語は、言葉で理解することのできるスペクタクルのなかに現われる世界を見ているのだ。☆64 物と物を「近寄せる」ものはなにか、考えてみればいい。言うこと以外のなにが近寄せる《ラプロシエ》〔比較する〕というのか。ハイデガーはレゲインというギリシア語を、集める、寄せ集める、収集するといった意味で強調していたのではなかったか。★54

*

本章のはじめに触れた詩学者たちは、隠喩（比喩）は表象の恥であるとして——半世紀前の彼らは、ロラン・バルトの『零度』を盾にやすやすと隠喩を捨てて換喩を取り、プルーストのテクストを「平坦」にする危険をおかしていた（換喩とは「水平」なものではないだろうか）……プルーストはひとえに隠喩を語っているではないか——現象学的・超越論的な想像力を引

「隠喩」のもとで、話すことで（みずからを）形象する想像力が演出する世界のもとで

☆63　もっともわたしは、世界は単なるスペクタクルではないということを忘れているわけではない……。
☆64　「目は聴く」とクローデルは言った。
★54　ロゴスの語源であるレゲインは「言う」という意味の動詞だが、ハイデガーはこの動詞の「集める」という語義をたよりに、言うこと＝聴くことの本質にさかのぼる（『ロゴス・モイラ・アレーテイア』）。

き受けようとはしない。けれど、この想像力によって思考は「方向を定める」（カント）ことができる。方向を定めることで、思考の言語の前置詞が定まる。「……の状態で」(en)、「……とともに」(avec)……。言語は話す存在を存在するものの存在に向かわせる。★55 話すイメージは、〈存在〉に潜む……のような存在を、さまざまな形象を用いて看破するのだ。

代換法とは、トリソッタン〔モリエール『女学者』に登場する三文詩人〕たちのための、使っても使わなくてもよい言い回しではない。代換法とは、意味という血縁によって、いわば類義性〔syn-onymie：ともにある名前〕によって、他のたくさんの修辞学用語と結ばれたひとつの名前なのだ。

★55 la langue prépose l'être-parlant à l'être de ce qui est：「言語は話す存在を存在するものの存在（存在者の存在）に任ずる」と訳せるが、「任ずる」という意味の動詞préposerに「前置詞」(préposition)の意味をかけている。ドゥギーいわく、前置詞の役割は主語を「方向づける」ことにある。

詩における美しさ

ぐるぐるとめぐる輪をぐっと引きしめて、わたしはここからボードレールの読解をはじめてもよかったかもしれない……一番の目的である、詩学の的を射抜くために。わたしがボードレールから学んだ「詩学」とは、ひとつの目に見える的であり、そのなかにはいまひとつの的があるのだとすれば、この内なる的を媒介している（示しつつ隠している）彼の「詩学」を射抜くことは、「未知なるものの奥底」に足を踏み入れるためには避けて通れない通過儀礼のような、試練（ジッドに『若きパルク』を捧げたヴァレリーの言葉でいえば訓練）のようなものだ。鍛錬をかさねて射抜くべき詩学の神髄の「秘密」とは、韻律法と転義学をめぐる秘密である――これらは明るみに出すことのできるものである。というのも、いずれも実際に示して、議論して、練りあげることのできる秘密であり、〈神秘〉ではないのだから。この秘密は、美しさに、言語における美しさ〔la beauté *en* langue：言語の状態での美しさ〕に関わる秘密である。美とはボードレールの的の媒介の名前であり、その数は数えきれない。〈美〉は〈芸術〉の要素であり標的である。美とは複雑なものだ。なぜならすでに見たように、石の美と花飾りの美、石となった美と通りすがりの美、縁飾りの美となめらかな美というぐあいに、少なくとも二種類の美があるのだから——そして『華』の序文に読まれるように、最も困難で（ボードレールいわく）快い使命は、「〈悪〉から美を引き出す」ことなのだから。

女性、風景、建築、家具などにおける美しさについて（最近のはやりに乗じて）ひとつ「アンケート」でもしてみれば、ソクラテスの若い対話者たちのような回答例がわけなく得られることだろう。回答のタイプを比べてみれば、そこになんらかの「照応」（相同関係）が見つかるかもしれない。ところが、では言語における美しさは、あなたの言語の美しさは何ですかと尋ねれば、いわゆる多くの「人々《ジャン》」は、わたしは「文学者《ジャン・ド・レットル》」ではないのでわかりませんと言うだろう。

この質問に答えづらいのは、言語にはなにひとつ自明なものがないからだ。いやむしろ、鍛えられた感性と訓練された心の耳をもつ人にとっては、ありとあらゆるものが自分の言葉を味わうためのものとなるからだ。ものの言いかたは無数にあり、文体にはさまざまな歴史がある。かぎりない言い回しは（『オデュッセイア』からジョイスにいたるまで）「博識」に話す力を秘めている。こうしたあらゆる言葉を集めながら、比べながら、人は自分の言語の美しさを味わっている。話すことでものごとを形づくる、その美しさを味わっている（アウグスティヌスが「魂の延長」と呼んだ空虚な時間性を埋めるために、つまりは時間をリズムに変えるために、人は話すのではないだろうか）。美を考察の対象とするのは美学だが、言語における美となると、これは詩学の仕事である。なぜなら、アリストテレス学派の言葉を借りれば、物の「質料因」とは言語の状態で、言語という言葉の状態で存在しているのだから。この質料を分析し、示し、聴かせるのが詩学である。

ボードレールにとっての詩とは、言語における美しさのことだ――もちろんこの美しさは女性や風景の美しさとも（あるいは醜さや「悪」とも）関係があるだろう（よく言う表現で言えば「模倣」しているだろう）。けれど、詩文の連や散文の段落に美しさを与えているのは、外側にあるそうした「指示対象」ではない。ボードレールは国語における美しさを、詩と散文（「詩」散文と散文詩、「書くこと」と呼べるその他さまざまな形式）に分けて、幾度となくはっきりと定義している。なかでも有名なものに耳を傾けてみよう。彼にとっての美しさの意味《サンス》（サンスという語の良さは、その「味わい」がじつにさまざまで、感性、感覚、気持、分別といった意味にもなる点にある。味わいという比喩を使ったが、人々の言語を聴きながら、理解できることや文意にうなずき、これはどういう意味なのだろうという疑問に対する答えを見つけたときにも、人は喜びを味わうものだ）……彼にとって美しさのサンスとは「しなやかなうねり」と「根源的な修辞」のサンスである。言いかえれば、いまわたしが問題にしている韻律法と「文法という喚起のための魔術」のサンスである。

ボードレールはつぎのような言葉でテオフィル・ゴーチエを称賛し、アルセーヌ・ウーセに誓いを立てた。★56「真の詩《ポエジー》とは、みずからの死と無限が待ちうける海に近づく大河のように、あせらず揺るがず、規則ただしく波打つものだ。抒情詩とは迸るものだが、そのながれには絶えずしなやかなうねりがある。」〔「テオフィル・ゴーチエ（一）」〕

「どんな古典の理論の教えよりも深く人の魂に根ざした韻律法によって、詩《ポエジー》はどうすれば音楽に到達できるか。ラテン語や英語のように、フランス詩にも知られざる神秘的な韻律法があるということ。それぞれの単語にいくつ韻があるかを正確に知らない詩人はみな、どんな観念も表現することができないのはなぜか。」〔『悪の華』序文草稿（三）〕（「太陽」（八七）をみよ）

「抒情的にながれる魂と、うねるような夢想と、ふいに揺さぶられる意識に釣りあうだけのなめらかさと軋みを感じさせる、リズムも韻もない音楽のような詩的散文。そんな奇跡を、野心に燃える時分に夢みたことのない人間がいるでしょうか。」〔『パリの憂鬱』「アルセーヌ・ウーセに」〕

フランス詩法の秘訣。フランス詩法が、音の長短や強弱の観点から、ラテン語や英語の詩法に肩をならべるための秘訣は、eの無音化と（一般化した）分音の仕組みにある。わたしは一九

★56『悪の華』は「フランス文学の完璧な魔術師」ことゴーチエに、『パリの憂鬱』はウーセに捧げられている。つづく引用にあるように、ウーセへの献辞にはボードレールの構想する「詩的散文」の定義が読まれる。

八〇年から「無限の半径」と十二音節詩句の異数音節化や、分音と無限化の関係☆65などについて論じてきたが（『詩《ポエジー》の物と文化的なこと』（Hachette））、それをいまここでくり返すわけにはいかない。しかしながら、ひとつ説得力のある例をいまいちど取りあげてみたい。「照応」では、香りが喩えの中心に据えられているが、その理由は、香りには境界がないからだ。香りは膨張するからだ。フランス語では膨張（expans-i-on）という単語《ヴォカーブル》自体、分音によって引きのばし、広げて発音することができる。もうひとつ言えば、香りは「境界のないものを押し広げ、無限を引きのばす」（「毒」（四九））阿片という「人工の楽園性」のような（に照応する）ものである。すべての詩はハシッシュの詩でもあり……あの有名な「酔いたまえ」（『パリの憂鬱』「酔いたまえ」）という命令を聞くための唯一の方法なのだ。

無限と有限は、言語のなかで、言うことによってもつれあう。有限と無限のもつれあいは、言語が言うことの意味を、言うことによって聴かせてくれる。有限と縮図としての無限の組みあわせは、長短の定まらない（計測できない、流動的な……）十二の音を通りぬけてゆく。（ヴァレリーの好きなためらいがあちこちを通りぬけてゆく）。わたしは有言実行する、と詩は言うだろう。はるかな★57伝統をさかのぼって「ロンギノスの法」を引っぱり出してみよう。ロンギノスの法とは縮約のこと（単語をへこませること）である。偽ロンギノスにとって縮約とは言葉に訪れた破局であり、詩が語っている内容そのものに「類似」している——つまり、嵐で難

☆65 「六か七の流動」（これは『日記』に読まれる十二音節詩句の半句の定義である。〔「なぜ海の眺めはあんなにも無限に、あんなにも永遠に心地がよいのだろう。／それは海というものが、広大なものと流れるものとをいちどきに思わせてくれるからだ。人間にとっては、六里か七里が無限の半径を表わすものとなる。これは縮図としての無限である。もしそれだけで完全な無限を思うことができるのなら、それでよいではないか。仮の宿に身を置く人間にすれば、（直径にして）十二里か十四里、十二里か十四里の水の流れを眺めているだけで、最も高尚な美を思うことができるのだ。」（『赤裸の心』（三〇））。六と十二という数字は十二音節詩句を暗示し、ボードレールは海の律動に詩の韻律をかさねている（十四とはソネットの行数でもある）。フランス詩法

破したオデュッセウスの筏そのものというわけだ。ホメロスはここで有言実行している。自分が語っている内容を想像するための言葉で語っている。これはひとつの技術《テクネー》である。この技術の仕組みは、いつまでも、何度でも明らかにせねばならないだろう。

・韻律法のしなやかなうねり

・喚起のための魔術。これは論理的文法と、転義すなわち根源的な修辞とで等しく構成された論理性に支えられている

・詩文全体から響く韻や類音。わたしはこれを「意味形成性による語意の連鎖式」と呼ぶこともある

・形式とは意味へと導く「ようにする」ものであるとすれば、形式と内容が「見つめあっていること」。形式面と主題が互いに「証拠の相互性」や可逆性をもつこと

以上のうち、ここではふたつめの仕組みを広げて、修辞に対する世のかたくなな不信をいまい

では分音とｅの無音化によって音節数が増減するため（★13参照）、ドゥギーは十二音節詩句を６×２ではなく、６または７×２音節の詩句としたうえで、偶数が奇数を生み、奇数が偶数を生む音節の規則と不規則の妙にこそフランス詩のリズムの本質があると見る。たとえば cette と âme はそれぞれ二音節の単語だが、cette âme は三音節となり、２＋２＝３が成り立つ。詩とは有限が無限に注ぐ「河口」であり、「無限の縮図」（有限の無限化／無限の有限化）である。ボードレールの無限の詩学をそう要約するドゥギーは、無限とは拡張するものであるがゆえに、音節のみならず語意や文意を引きのばす分音を「朗読における無限の形象」と捉えている。」

★57　madame → mame や de le → du のように連続する音節（単語）をつなぐこと。偽ロンギノスいわく、

ちど払拭しておきたい。人々が修辞というものにごうごうたる非難の声をあげるのは、彼らがたしかな深みをもつ修辞を手にすることができずにいるからだ。

「ハシッシュの詩」とは詩学を二重にし、むきだしにするものだ。それゆえわたしは先ほど、阿片という証拠の品をあげつつ、分音の解釈を分音によって強調できたわけだ。というか、分音の解釈は分音によって強調せざるをえないのだが。阿片もまた、詩と同じようなものである。阿片によって「喚起のための魔術」が意識を満たし、「根源的な修辞」を主題として押し出し、詩の転義のたくらみを見せてくれる（聴かせてくれる）――もっとも、ここでいう「文法」とは、論理性の総体、グラマトロジー、統一的な性質といった意味である。それは遠い昔、学校教育の「文法および論理の分析」に組み込まれていたものであり、転義学あるいは修辞学もまた、同様に根源的なものとして、このふたつと結びつけるべきなのだ。

文法という、それ自体としてはなんの面白みもないものさえ、喚起のための魔術のようなものとなる。言葉は骨肉を伴ってよみがえる。名詞は名実ともに威厳をもち、形容詞は透明絵具のように名詞を彩る透けた着物となり、動詞は運動そのものとなって文章を弾ませる。怠け者にとって、すなわち、さまざまな仕事のあいまに息抜きを求める深遠な精神の持ち主にとって、音楽とはもうひとつの大切な言語であり、あなたにあなた自身のことを

ホメロスは『オデュッセイア』の難破の描写において、ふたつの前置詞をつないで歪ませることで船に迫り来る恐怖を表現した（『崇高について』）。ドゥギーに言わせれば、単語をつないで陥没させる縮約は船の難破そのものを表わし、「ホメロスの詩篇はここでみずからが述べていることを実際にやってみせている」（『現代詩手帖』前掲書）。

語りかけ、あなたの人生の詩を聞かせてくれる。音楽はあなたとひとつになり、あなたは溶けて音楽となる。音楽はあなたの情熱を語ってくれる。けだるい夕べのオペラのように、あいまいで漠とした語り口ではなく、つまびらかに、具体的に語ってくれる。どんなリズムの躍動も、あなたの魂に刻まれた躍動を際立たせ、音色はすべて言葉に変わり、詩は命を吹き込まれた辞書のように、あなたの脳のなかにそっくり入り込んでくる。〔『人工楽園』「ハシッシュの詩」四章〕

ここでボードレールが音楽（「深遠な精神の持ち主のもうひとつの大切な言語」）について述べていることは、誰よりも詩人という話す存在にまさしくあてはまる。つまり、言語の音楽性すなわち韻律法にあてはまる。フレーズはすべて魅惑《カルメン》となり「歌」となり、フレーズで区切られた声音の連なりとなって、わたしはわたしの言語を主観的に味わうことができる。「詩は命を吹き込まれた辞書（文法、修辞）のように、あなたの脳のなかにそっくり入り込んでくる」。

修辞とはなにかと評判の悪いものだが、分音でも、代換法でも、迂言法でも、どれでもいいから修辞の端っこをひとつつまんでみるといい（迂言法については、フェデリカ・ロカテッリがミラノで優れた博士論文を書きあげた）。[☆66] 修辞の芸当を観察し、その手回しを用心ぶかく分析し、その根本にあるフレーズとなった思考が見せる手品をもういちど検討し、そのはたらきを

☆66 二〇一一年、未刊。〔『膨張の文彩——シャルル・ボードレールにおける迂言法』(Federica Locatelli, *Une figure de l'expansion: la périphrase chez Charles Baudelaire*, Peter Lang, 2015)〕

原因から結果まで見直してみるといい。すべてがその端っこから生まれているだろう。転義学はひとつひとつの転義に有り金すべてを賭している。転義とは思考の形象であり、思考がみずからを形象するための方法なのだ。

この点は重要なので強調しておきたい。なぜなら、大切なのは詩学によって哲学と詩《ポエジー》を結びつけることなのだから。自律し拡張をとげた詩学によって。

そう、これは言語学や文体論などといった他の「理論」装置よりも、哲学の問題なのだ。人々がこぞって援用するさまざまな「理論」は、哲学に比べればずっとあとになってから生まれたものなので、それほど役に立つわけではない。人の考えかたを本質的に形成するのは、その人が生まれもったひとつの土着言語（「わたしの」言語）であり、そのなかにはさまざまな「言い回し」（転義）が存在する。こうした「言い回し」をめぐる修辞学ないし転義学は、文法性や論理性（文法学や論理学）と同じように「超越論的」な可能性の条件をもつものとして扱わねばならないということを、想像力の図式論（カント）は示している（これは仮説《イポテーズ》ではなく「理性」の命題《テーズ》である）。なぜなら「諸能力の女王」こと想像力とはひとつの論理性《ロジシテ》であり、それは誰もが経験している世界を形象する「演出」と一篇の詩がみせてくれる過剰な「演出」の根本にあるものなのだから。

転義の用語集に個別に並んでいる項目（たとえば迂言法）は、そのひとつひとつが全体の構成要素であり、それらはひとつの「部分」である以上、全体の構成に不可欠な部分である。言い回しとは、ゲーム内で使っても使わなくてもかまわないような駒ではなく、ゲームのルールを共立する駒なのだ。部分とは全体であり、全体を「機能させる」〔mettre en jeu：ゲームに参加させる〕ものだ。「詩学・修辞学」の手引のアルファベット順の分類はこのルールを無視し、このルールを「審理」できずにいるが、作家はこのゲームで遊んでいる。言葉（フレーズ）で遊んでいた、幼い日のように（誰もがそうだった）。

ここからさらに議論を発展させてもいい。たとえば迂言《ペリフラーズ》と敷衍《パラフラーズ》の区別を取っ払うこともできるし、「超越論的転義学」の名のもとに、ある転義やある「言い回し」の結合力を高めてしかるべく一般化することもできる。「詩学・修辞学用語集」に並ぶさまざまな作用の「定義」、つまり結合力と効果は、意味のために結集する（ボードレールいわく「未知なるもの」に飛び込んでゆく）。意味は、それらの意味するところを引き受けては組みあわせ、寄せ集めては手を取りあわせる――この結合を解いてしまえば、個々の転義の意味はあってもなくてもかまわない飾りと化す。（たとえば）迂言＝敷衍《ペリ＝パラフラーズ》というのはどうだろう。すべては迂言であり敷衍なのだから――話す《フラゼ（フラゼイン）》ことや強めて言う《アン－ファゼ（ファシス）》ことが、わたしたちにとってまだ大切なことだとすれば。

けれど、ネオモダンたち（イヨネスコなら悪意を込めて「モダンモダン」と言っただろうが、今日ではより中立的にポストモダンと呼ばれている）は、話《フラ》すこと《ゼイン》を捨てて論理性《ロジシテ》（「ロゴス」）から脱出せねばならないと信じている。巨大な危機が迫っているのだ……。

この詩人のピエタと敬虔《ピエテ》さとは、マリエットをはじめとする人々の敬虔な魂への祈りであり、彼自身の魂への祈りである（「衛生」（七））。この祈りには信仰はないが道義がある。わたしはどんなふうにうまく言うことができるのだろう。奉遷《トランスラティオ》のためには降架《デポジシオン》（冒瀆）が必要だ。奉遷とは、かつては神聖だった寄託物《デポ》の形を変えること。その昔、人は啓示とともに冒瀆を行なった（いにしえの〈芸術〉、わけてもルネサンス期の画家たちは、処女《マリア》性をうら若きイタリア娘の姿に託していた）。ならば今度は冒瀆とともに啓示を（後世の言葉でいえば「黙示《イリュミナシオン》」を）行なおう。

もともと同じ語源をもつpiété（敬虔さ）とpitié（憐れみ）が別々な意味になっていったのはどういうわけだろう。ボードレールは、このふたつの言葉の共通の起源にイタリア語からさかのぼった最初の人だったかもしれない〔pietà（ピエタ）はイタリア語からの借用語〕。

『華』の百番のソネット、二十一行目。「しなやかなうねり」をみせるこの一行からは、ふたつの高波が寄せてくる。それぞれの波が最高潮に達するのは、音の長さ（伸長）と強さ（強勢）の両面でアクセントとなっている、句切りと句末の二カ所である。分音の長調にあわせて広がるふたつめの波からは、ボードレールの詩学の鼓動が聴こえてくる。pi-eu-se（敬虔な）という分音が生む「無限化」のなかにpiétéとpitiéがひとつに溶けてゆくようで、耳触りのよい一行だ。

「わたしはわたしたちに憐れみを抱く」と言えるのは、いったいどんな人間だろう。憐れみとはどんな深みから、どんな高みから人に襲いかかってくるものなのだろう。憐れみを抱く者（寄せる者）、それはもはや誰でもなく、特定の誰かではなく、無に帰した者としての人間一人ひとりである。その人の声ははるかな高みから、最も高い地点（崇高）から聴こえてくるかのようだ。この人を高みへいざなったもの、それが「高翔」の原理である（「憂鬱と理想」の三番のソネット）。……を越えて《トランス》という超越《トランサンダンス》の運動である。このtransによって人間性が立ちあがり、人間のなかの人間であることが立ちあがり、「みずからの超越を苦しむ」（サンブラノ）★58。福音書が伝えるように、人の子《イエス》はこの地点から「エルサレムのうえに涙をこぼす」。人は……のうえに涙をこぼす〔pleurer sur：……を憐れむ〕。バビロン川ノウエニ。死すべき者が死に瀕するとき（そう、死すべき者――ハイデガーにとって「人間」の本来の名称――は死なねばならない）、無に帰するとき、この者は身に降りそそぐ不安から同情《コン・パッシオン》を得る。共通の情念《コミューン・パッシオン》を得る。こ

★58　スペインの哲学者マリア・サンブラノの「人間はみずからの超越を苦しむ」という言葉を、ドゥギーは人伝に《l'homme *pâtit* sa propre transcendance》と聞いたという（『信心浅い男』（*Un homme de peu de foi*））。pâtir（苦しむ、こうむる）は前置詞deを必要とする自動詞であり、この文のように他動詞としては使えない。だがこの誤用を足がかりにドゥギーは人間にとって超越とはなにかを問う。pâtirを他動詞（transitif）として用いた場合、直接目的語となる「超越」は人間にとって「外在的なもの」（transitif）とみなせる。しかしドゥギーはpâtirからアナグラム的にpaître（食む）を連想したうえで、この「食む」という動詞をたよりに超越を人間にとって「内在的なもの」ともみなす（人間はみずからの超越を食む）。この突飛な誤読により、「外

の情念のうちに（これは、ふとしたことで起こるただの共感や人のいい誰それの持ち前の同情心よりも、はるかに万人に共通のものだ）わたしたちの共通のさだめが、……をいいを前にした人間の平等があらわれる。共和国のあかるい未来を約束された政治的平等の基盤には、この平等がある。

いい憐れみとはアリストテレスがふたつに分かれた情念に与えた名前だった。神々を前にした人々が織りなす悲劇の舞台。そのカタルシスが呼びさます、市民をひとつにするリズム（おそれとあわれみ）に与えた名前だった。やがて時代がくだると、人の子たる神があらわれて、「自分が何をしているのかわからずにいる、見捨てられた」人間たちのうえに涙をこぼすのだった。

憐れみは「身体」のものではない。動物性とは無縁のものである。今日幅を利かせている言葉でいえば、憐れみは「感覚」には還元できない。感情とは喉を詰まらせ肝を焼くものかもしれない（身体とは感情の真剣さであるとサルトルは言った）。しかし「本能」〔内臓《ヴィセラル》〕という術語だけでは、憐れみの存在論は語れない。

心は身体から生まれる。肉体から生じると言ってもいい。憐れみとは情念〔受難《パッシオン》〕だが、その感情〔é-motion：外への動き〕は思考となって動き、考えることに変わる。考えることとの特性は（み

在的・受動的」な試練としての超越を「内在的・能動的」な行為に転化することで超越と内在の二項対立を問い直している。人間は「（みずからを引き上げながら）引き上げられねばならない」（五六頁）と強調する著者にとって、超越とは外在因と内在因からなる運動である。ちなみにサンブラノの著作の仏訳（『森のなかの空地』（*Les Clairières du bois*））ではこのフレーズは正しく翻訳されており（*l'homme souffre de sa propre transcendance*）、誤伝や誤聞を生む「伝聞」だけが可能にした大胆な解釈と言えよう。

ずからを）言うことにある。大切なのは、感性を思考によって練りあげ、知性（ノエシス）によって徹底操作することだ。心を生むのは身体だけだが、心身合一を果たすのは精神だ。形而上学の歴史をふり返っていまいちどカント用語を使えば、こう書くこともできよう。図式論とは、（話す）精神＝ロゴスのもとで、（話す）精神＝ロゴスによって果たされる、心と身（「感性をもつ心」）の合一であると。涙は身体のものに違いない。涙とは思考＝言葉を苦しめる心である。それはひとつの直観であり、受動性と自発性が、受容性と能動性が、想像力のなかで融和する地点である（合一する地点である。とはいえ、哲学者はこの合一をくり返し分解しては透析している）★59。想像力とは——話すことで——たとえば、詩として見る力のことである。

＊

わたしはきみにこの詩を贈る、そうすればわたしの名が
もしも、烈しい朔風の後押しを受けた船のように、
幸運にもはるかな時代までたどり着いたなら、
いつかある夜に、人々の脳漿に夢を見せられたなら、
きみの記憶は、おぼろげな寓話のようになって、
真鍮琴の音のように読者を苛むことだろう、

★59　カント哲学において、受容性とは直観の源である感性を表わし、自発性とは概念の源である悟性を表わす。認識とは感性と悟性の結合によって成り立ち、この両者の媒介（図式）となるのが構想力（想像力）である。もっとも、受容性と自発性は明確に区別されねばならないという点をカントは強調している。

兄弟たちの神秘の環を伝って、残りつづけることだろう、
そびえ立つわたしの韻にぶら下がるようにして。

底ぶかい深淵から天の高みにいたるまで、
わたしをおいて答えるものは何も無い、呪われた存在よ！
——おお、立ちどころに消えゆく影のようなきみよ、

きみを苦々しく思った愚かな死すべき者たちを
軽やかな足どりで、穏やかなまなざしで踏みにじる
黒玉の眼をもつ彫像よ、青銅の額をもつ大いなる天使よ！

——————「無題」（三九）

『悪の華』の三十九番のソネットの書き出しには、詩の遺言条項が述べられている。「わたしはきみに贈る」。わたしはきみにこの詩を贈る。わたしはきみに。これはフランス詩の嚆矢であるヴィヨンの『遺言書』の遺贈品だ。他方、わたしたちの歴史と詩《ポエジー》の対岸に目をやれば、パウル・ツェランが名高い講演でこう語っている。「詩は他のものへ向かおうとします。詩にはこの他者が必要であり、それと向かいあう必要があるのです。詩は他のものを探しているので

す、ただそれに向かって語りかけているのです。」〔『子午線』〕

わたしときみというふたつの代名詞は、それぞれの位置を入れ替えることでいくらでも複義的で両義的になる（それぞれにいくらでも名詞を代入できる）。きみとはもちろん、この詩が向けられている読者でもある。

贈ること。それがシャルル・ボードレールの自問する最も重い問いに対する答えだ。その問いは、百番のソネット（これは「定型」のソネットではないが、その延長形にあたる）の二十一行と結尾から聴こえてくる。「わたしはこの敬虔な魂に何と答えることができるのだろう、／彼女のくぼんだ瞼から、こぼれ落ちる涙を前にして。」憐れみとは人間の敬虔な問いに対する答えだ。わたしたちとともに生きる兄弟たち人間たちよ★60、あなたがたに何と言ったらよいのだろう。同類たち兄弟たちに、何と言ったらよいのだろう。ピエタの形は複雑で、対称でもあれば非対称でもあり、憐れみ《ピチエ》でもあれば敬虔さ《ピエテ》でもあり、そのなかにはみずからの姿を見つめる兄弟愛がある。ピエタに飛び込むには（共通なものを探しに、無限の奥から飛び込むには）無を通らねばならない。無に帰すという試練を経たとき、共通無の啓示を受けたとき、人は兄弟愛の深さを知り、それを築くことができるのだろう——大火、洪水、震災、「すべてをさらってゆく」雪崩〔「虚無の味」（八〇）〕、噴火雲といった「自然」災害が、わたしたちを無に帰さんとす

★60 「わたしたち亡きあとを生きる兄弟たち人間たちよ／どうかわたしたちにつれなくしないでほしい／もしも惨めなわたしたちを憐れんでくれるなら／あなたがたにはすぐにでも神の恵みがあるはずだから」（ヴィヨン「首吊りのバラッド」）。

るときのように。こうした災禍の名はそれゆえ、自然に因るものではない試練（ある種の人々に言わせれば「超自然的」な試練）、内的試練、内なる試練、ボードレールに言わせれば「神秘的」な試練、現代性に言わせれば虚無主義的な試練の喩えとして用いられることがある。人間のさだめとは人と人の間に立つことであり、これは誰しもに共通の、根本的で決定的な経験である。しかし、内なる試練にさらされたとき、神的なものはこの経験のための「何の助けにもならない」——何の助けもなく試練にさらされるわたしたちに「人間性」の地平を見出すよう命じるのは、他でもない虚無主義なのだ。「四千年の昔から彼は深淵を落下しつづけていた」。ヴィクトル・ユゴーは詩の冒頭で、サタンのことをそう言った〔『サタンの最期』〕。四万年の昔からわたしたちのうえに落下してくるのは、サタンのような、人間だ。いったいどこに着地すれば、また昇ることができるのだろう。

*

三十九番のソネットは、まるで異質なふたつのパートを等しく抱えており、その連続と断絶によってひとつの「キメラ」となっている。両者のあいだにアンバランスを生むほどに、詩のトーンが急変するのだ。三行連に入ると、「きみ」が別な呼びかたで罵倒されている。「底ぶかい深淵から天の高みにいたるまで／わたしをおいて答えるものは何も無い、呪われた存在よ！」わたしはわたしに、わたしはきみに。果てしない口論をつづける愛と憎しみ、ここには二組のわたしたちがいる。

二人組《デュオ》、「決闘《デュエルム》」(三十五番のソネット)、兄弟のようなカップル、わたしたち、自と他。無を背景として、誰もみなはなればなれになる。きみとわたし——そして無がある。わたしはきみの敬虔な魂にどんなふうにうまく言うことができるのだろう。神々を、聖なるものを、救世主を、天使を、仲介者を信じて救いを求めようとする、きみの敬虔な魂に。わたしがわたしたちに問いかけるこの問いには——「わたしをおいて答えるものは何も無い」。無《なんでもない》という贈り物、無《なんでもない》という永遠の背景。「底ぶかい深淵から天の高みにいたる」背景。その端から端までの広がりを、わたしは一瞬の閃光のうちに測りとる。共通無という贈り物——それは、わたしたちは絶対的に違うということ(わたしたちに共通しているものは何も無いということ)、そして、わたしたちは同じなのだということを教えてくれる贈り物なのだ。無はわたしたちに共通のものだ——底なしの悲しみを切りひらくものだ。「底ぶかい深淵から天の高みにいたる」広がりの端から端を貫く、すべてを貫くこの空虚こそが答えである。無という永遠の背景が生む無という贈り物。それがわたしたちのうえに落ちてくることで、ひとつのわたしたちは生まれる。ほんの一粒の仕上げでいい。ほんの一粒の完成品(このソネット)でいい。無限のほんの一粒でいい。ほんの一粒の無限でいい。無ではなくそこにあるなにか(ライプニッツ)でいい。それがこの贈り物となる。創られたものでなく贈られたものが、わたしたちに届けられる。憐れみがわたしたちに広がってゆく。

憐れみとは一方的なものではない。「憐れみを抱く者」から憐れむべき他のものへ向かう一方通行の運動ではない。憐れみはどこからやって来るのだろう（わたしはそれが知りたいのだ）。人々の「日常的」な関係は、むしろ憎しみや無関心、軽蔑や残酷さといったもので成り立っているのに。憐れむ者と憐れな者という非対称な人と人がいるわけではない。憐れみは関係を釣りあわせるものだ。まるで、他のものから、あの敬虔な魂から、敬虔な者がやって来て、絶望した者の側へと移ってゆくように――憐れみを釣りあわせ、ゆきわたらせるように……それぞれの側に、全体に。

憐れみとはもはや一方的なものではない。悲しき者が消えていった虚無《ニヒル》の底から――死者たちを、「かわいそうな死者たち」（百番のソネット）を介して――憐れみはわたしたちに舞い戻り、わたしたちに降りそそぐ。万人の万人のための憐れみが、無に等しいすべての人間の憐れみが、わたしたちに降りそそぐ。死すべき、死ぬまぎわの、死せる者たち（これがわたしたち全体の名だ）に降りそそぐ。憐れみはわたしたちに襲いかかり、わたしたちを憐れむ。そして、この深い波（lame *de fond*）（魂の底（l'âme du fond））にさらわれたとき、相手よりも深い激情に駆られて「わたし」と先に言える人間は（「わたしはこの敬虔な魂に何と答えることができるのだろう」)、もはや「誰でもない」。彼の声はもはや誰でもない者の声として響く（ヴァレリー）。彼に言葉（この詩）を与えているのは、非個性的なものである（マラルメ）。彼はとても深いところ（深淵）からとても高いところ（天）までゆき、「無限」の地点を見つけだした。超越を切りひらき、「……という地点から」を生みだした。そしてこの地点から、彼は憐れみを抱いている（憐れみは彼を抱いている）。憐れみとは超越の経験である。超越とは退路を断ち、ひとつのわたしたちに無限と虚無を背負わせる運動である。

人間とはみずからの超越を苦しむ存在である。

憐れみとは思考の純粋な感情である。

ボードレールの詩に「決して間違いはない」と言おう

無謬性《アンファイビリテ》？　今日の人はこの言葉を聞くと（理解すると）カッコでつまんで遠ざけたがる。この言葉は、そのまま聖遺物安置所にでも押し込んでおきたくなるような、教皇の冠のように古臭く、なんとも滑稽で浮いた感じがするからだ。でもわたしたちのなすべきことは（あいもかわらず、敬虔な魂たちを「引き受ける」ことだ。聖遺物となった言葉をふたたび用い、それを手に、知の奉遷★61を行なうことだ。広大な忘却場にそれを捨ててしまうのではなく、わたしたちのためになる意味《サンス》を与え直すことで敬虔な魂に答えることだ）、その言葉をもういちど使う《ルセルヴィール》〔もういちど言う〕ことだ。

人が言葉を話すとき、ある条件下で、その言葉に「決して間違いはない《アンファイーブル》」と思えることがある。人間にはそういう可能性がある。わたしたちのうちの一人が、そう思わせてくれる。わたしはあなたに真理を負う〔デリダが『絵画における真理』で引用したセザンヌの言葉〕。間違いなく真理《まこと》を告げてくれるものが、あり得るのだ！　それが詩の無謬性である。赤裸の心はつぶやく、「まことに汝らに告ぐ、汝らのうちの一人われを解さん」と。ではわたしに「決して間違いはない」のは

★61　*translatio studii, translatio studiorum*：「学芸の移送」などとも訳せる。中世において、古代ギリシアの文献は近東でシリア語やアラビア語に、次いでローマやパリでラテン語に翻訳され、東方から西方へと伝播した。学芸の移送＝翻訳（*translatio*）とは、失われたギリシアの知的遺産を相続するただひとつの方法であった。

いつどんなときか。「詩」のときだ。詩は正しくものを言い、真実に出くわす可能性を秘めている。ここに詩の無謬性がある。詩の言葉が「わたしに間違いはない」とほのめかすたび――それを係数のように伴うたび――そこにはまるでひとつの無謬原則が働いているかのようだ。それゆえ人は詩に惹かれ、詩に啞然とする。「わたしはあなたに真理を負う」、詩において、「わたしは真理を伝える」。でも、そんなことには誰も耳を貸さないし認めもしない。わたしの詩は「読みやすく」ありませんというのは、誰も「わたしはあなたに真理を負う」なんてうっかり言われたくない、この言葉の下敷きになりたくないという意味であり、これは読みづらさの問題をめぐるどんなシンポジウムの議論よりも根本的な告白である。詩がいい詩なら、つまり、その真実が美しくその美しさが真実である詩なら、その詩に決して間違いはない。ということを人は信じようとしない。これだから詩人は変わり者だ、そんなのは咎むべき（愛すべき）詩人の「主観」でしかないと言って、なかなか詩の敷居を跨ごうとしない。詩人郷里に容れられず？　いや、ごくわずかだが詩人はいるのだ、言語を分かちあう兄弟たちのために。なぜボードレールの詩に「決して間違いはない」と言えるのか。わたしは今宵、その理由を探していたのだと言えるだろう。

もののついでに言っておくと、いまこうして描き出されたばかりのこの考えは、生まれつつある一篇の詩の傍白である。というか、詩がみずからの思うことを思いながら「ひそかに」思っていることであり、つまるところ、詩に内在する詩学における詩の思考である。ヘルダーリンなら詩人の勇気《ディヒタームート》と言っただろう——これは「詩（の一部）（*du* poème）は続く」という詩の自己証明であり、前進してゆく詩の証なのだ。

最後になったが、この「部分冠詞」〔du/de la/des：「……の一部」を表わす〕について、文法的（修辞学的）な指摘をどうしてもつけ足しておきたい。もしも部分冠詞のない言語があったら（そんな言語がありえるだろうか）、その言語は詩における真理のなかで前進しつづけることができるのだろうか。それとも「真理（の一部）」（de-la-vérité）という真理をもたない言語は、「わたしはあなたに詩において真理（の一部）を負う」とは約束できないのだろうか。

贈与と詩

「詩は贈与をより深く理解するための助けとなるだろうか」。マルセル・エナフにそう訊いたことがある。☆67

『悪の華』の三十九番のソネット〔一五三―一五四頁〕をあらためて読んだ。

「わたしはきみにこの詩を贈る／そうすればわたしの名が」……。

この詩の書き出しとふたつの四行連からは、『華』の序文でフランス詩法の秘訣とされている「しなやかなうねり」がのびのびと聴こえてくる。うねる波頭の高まりと深々とした「波間」とが、海岸線に立つわたしたちの耳もとへ交互に押し寄せる。と、つづく三行連の呼びかけがそれを打ち砕く。「呪われた存在」よ、きみは誰だ。この突拍子もない呼びかけが、「底ぶかい深淵」から「天の高み」まで伸びる規模の異なる垂線によって、うねりを断ち切り、ソネットの前半と後半で驚くべき不均衡を生んでいる。千波万波が過ぎ去ると、突如として声は砕け散

☆67　二〇一二年十月四日にチャン書店で行なわれた彼の新著紹介のイベントにて。マルセル・エナフは『哲学者たちの贈与』（*Le don des philosophes*, Seuil, 2012）の著者。本書は二十世紀フランス哲学と贈与論の始祖マルセル・モースを照らしあわせている。

る。

わたしはきみにこの詩を贈る。ここには、贈り手、貰い手、贈り物の三つがそろっている。今日とかく意味形成性と呼ばれている単語の同音性が、mon（わたしの）、ton（きみの）、son（彼／彼女の）の響きに don（贈り物）を織り交ぜて、これらの語のたわむれあいを、ふと考えさせる。与えられた物のことをフランス語では présent というが、この言葉には存在《プレザンス》と贈り物《プレゼント》という意味があるので、両者は取り違えられやすい。この同音異義語はそれゆえ、いちずなまでに信じさせてくれる。ひとりの創造主が創造をもたらしたということを。〈存在〉とは、この創造主のために、この創造主によって、無から（エクス・ニヒロ）脱却することで贈り物になるのだということを――無から、与えられたもの（そこにあるもの）に移ること。無から、続いてゆくものに移ること。そんなふうにしてわたしたちは満たされているかのようだ。わたしたちがここにいるのは、無が無くなったからだ――そして贈り物があるからだ。わたしたちが無からの脱却をめざして手を取りあえるのは、果てしなく（不確かで）「はるかな時代」まで届くようにと「きみ」から引き継いだ、この贈り物があるからだ。これまで幾度となく形而上学と神学の篩にかけられてきたこのような思想こそが、唐突に息を弾ませる三行連の「動揺」を生んでいるのかもしれない。

「そうすれば」……。贈与には目的がある。「無償」ではない言語ゲーム（aのために用意されたb、xに相当するy……）全体を支えている、……のために[☆68]という決定的で本質的な謎が、この詩の二連には取り憑いている。きみの「記憶」、それはきみの名だ。きみの名、それはきみがいたということだ。きみがいたということ、それは言い伝えとなり、証人から証人を伝って、「兄弟たちの神秘の環」を伝って、途絶えることなくよみがえる。詩人と読者は（詩人とは一人目の読者であり、読者は詩のなかにいる）煙に巻かれる……詩に。「煙に巻く《ミスティフィエ》」とは、ヴォルテールの言うようなペテンなどではなく、「神秘的にする《ミスティック》」というような意味合いである。詩を読む人はみな煙に巻かれる……神秘的なものに。神秘的なものとは一本の鎖なのだ。イオン[★62]からボードレールを、「磁気」の連鎖（とはプラトンが提示した喩えだった）から「兄弟たちの神秘の環」を、つまりは神秘をひとつなぎに繋ぐ鎖なのだ。

最初の三行連の「呪われた存在よ！」という突拍子もない呼びかけで、詩に極度の戦慄が走る。誰だ、キミハ誰ダ、「おお、きみは誰だ」。この出し抜けの口論を、度が過ぎたこの呼びかけを、批評家はロンサール的主題や恋愛詩の伝統と結びつけている[☆69]。けれど、化け物じみたこの呼びかけ相手はジャンヌ・デュヴァルよりもおどろおどろしい（たとえその姿形は「黒玉と青銅」からなるアカデミー調の彫像であるとしても）。死すべき者たちを平伏させる、野蛮で神々しい存在。巨大な偶像の姿をしたこの女は、〈美〉の古典的な公現のひとつである。呪い

☆68　モースは「その争点は謎のままである」とふいに漏らしている。

★62　プラトン『イオン』に登場する吟遊詩人。ソクラテスいわく、詩人とは神から霊感を授かった存在であり、イオンのように霊感を授かった詩人は他の人間に霊感を授ける人間となる。ソクラテスは人から人へ一本の鎖のようにつづくこの霊感を「磁気」に喩えた。

☆69　クロード・ピショワの註をみよ。参照プレイヤード版一五一八頁。「このソネットの主題はロンサールに代表されるルネサンス期の恋愛詩に頻出するものであり、本作品はジャンヌ・デュヴァルに捧げられた詩群のエピローグと考えられる」（ピショワ）。

をかけられ、呪いをもたらす彼女の存在は、〈すべて〉の隆起した姿であり、〈すべて〉の直径のようなものだ。「底ぶかい深淵から天の高みにいたるまで」、この〈すべて〉には「わたしをおいて答えるものは何も無い！」存在と無を直結する「底知れぬ」深淵、そのような規模を駆け抜ける閃光に答えられるものは、詩をおいて他に無い。暗く恐ろしいこの深淵と対をなすものは、ボードレールがときに「無限の縮図」と呼んだ、あの快いものである。彼が無限にひろがる大洋へそそぐ河口を指して言ったような、あの至福の源である。

贈り物を受けとることは、あらゆる〈存在〉のこの無言の不気味さに（まなざしと言葉で）抗うことでもある。答えはやはり「交換《アンティドシス》」だ。贈与が行なわれたということは、貰い手は存在の連鎖のなかで贈り手となるということだ。

おそらく、贈ること（don）は赦すこと（pardon）で完成される……。語源からしても、「完全」（parfait）の「完」（par）は贈与（don）を仕上げるものだ。デリダが掘り下げて言った意味で、完全な贈与は不可能であるとしても、☆70 だからといって贈与ができないわけでは「まったく無い」。赦すことは、完全な贈与が不可能であると認める押印なのだから。赦すとは、そのことを内に秘め、覆い隠し、忘れることなのだから。純粋な贈与（見返りを求めないばかりか、与えることもなく、与えるという自覚もなく与えること）は不可能である。よしそう決まっていようと認

☆70 『時間を与える』のボードレールの散文詩への註釈をみよ（Jacques Derrida, *Donner le temps*, Galilée, 1991）。

められていようと、それは赦すことの妨げにはならない。理想とは、〈贈与〉とは、「破産を招く」葛藤を生む（人をダブルバインドや「自縄自縛」に陥らせる）ものだ。その発作的構造が必然的に引き起こす、取り返しのつかないもののことを、マラルメは失敗や挫折や「虚しさ」（「虚性」でもいい）と呼ぶのだろう。しかし、それがどんなものであっても、人は赦すことで時効を認め、大赦を与え、忘れてまた、やり直せる。赦すことは存在《ひと》を非難から救い出せる。「最初にやったのは誰だ」という復讐から救い出せる。アナクシマンドロスからベイトソンへ、★63やり直すために、やり直すことを、ともに始めることに変えるために。解析幾何学で軸を変更するように、「相互性」という新たな始点に変えるために。

★63　ソクラテス以前の哲学者のひとりであるアナクシマンドロスは、万物の起源を「罪」に求めた（「時の裁きによって、万物はみずからの罪を償い、裁かれねばならない」）。それゆえニーチェはアナクシマンドロスを倫理の問題に着手した最初のギリシア人と呼ぶ。米文化人類学者ベイトソンは「ダブルバインド」の提唱者として名高い。

[訳者インタビュー] ミシェル・ドゥギー、詩を語る

敬虔な魂たち

——————「わたしはこの敬虔な魂に何と答えることができるのだろう」。本書は、この詩行を綴じ糸として、これまでにあなたが書き継がれてきたボードレール論を、のみならず文化やイメージ論にいたるまで、まとめて縫いあわせたものですね。モチーフとしては過去の著作でも取り上げられていましたが、この一行に焦点をあてた理由をお聞かせください。

ドゥギー　ハイデガーのヘルダーリン論が念頭にありました。ボードレールには中学生の頃から親しんできましたが、無数の詩行のうちから、見晴し台というか、彼の思想を唱導するような一行を探したのです。これは昔からボードレールを読むときには頭からはなれない一行で、わたしにとっての「ライトモチーフ」のひとつでした。ピエタと憐れみ《ピチエ》の関係、「あの心やさしい女中」というソネット、そしてミケランジェロの《ピエタ》に見た、女神と屑拾いの女の交わり。これらのライトモチーフをたよりに、ボードレールの思想を、彼の言う「神秘という的」のもとに集めてみたいと思った。彼をあの視点まで昇らせた「高翔の原理」とはいかなる

ものか。ボードレールが「敬虔な魂」と呼ぶすべての人間に関わることとして、人類にとって役に立つこととして、考えてみたのです。キリスト教を棄てたわたしは、この敬虔な魂たち——複数形ですよ——に向けて、どんな言葉をどんなふうにうまく言うことができるのだろう。彼は別なソネットで、「わたしはきみにこの詩を贈る」と言っているけれど、彼はなにを贈ったのか。誰に、何のために贈ったのか。

——死者たちの魂だけでなく、生ける魂のために。

ドゥギー　生ける敬虔な魂すべてのために。人類とは敬虔なものです。宗教的信仰は、超自然的なものを与えてくれる。わたしたちを生かし、生き長らえさせてくれる。シャルル・ボードレール自身、もはや敬虔さを失っていたというのに、今日の詩人は、詩は、敬虔な魂たちにいったい何と言うことができるのか。

——降架、冒瀆、啓示、聖遺物、無謬性など、意図的に宗教用語を多用されていますね。なかでも「冒瀆」という言葉が気になるのですが、この言葉についてすこし説明していただけませんか。

ドゥギー　ええ。すべてはこの一語に尽きるのです。……わたしたちはどこにいるのか。一八五〇年に発せられたこの問いは、今日でも依然有効で、わたしはそれで『パリの憂鬱』(二〇〇二)を書いた。わたしたちはパリの憂鬱のなかにいる。ボードレールのようにね。わたしたちはここにいる。つまり、キリスト教の伝統の出口にいる——わたしが超自然性とか宗教性とか言うのは、みんなカトリック的な意味です。してみると、キリスト教の遺産を、そこから生まれた聖遺物をどうすればよいのかという問題が生じる。

　聖遺物といっても、いわゆる遺骨のような「物」のことではありません。聖遺物は「言語」のなかにある。たとえば神学書のなかにあったもの。復活、受肉、贖罪……といった言葉は、今日でも一般的に使われているけれど、一方で教義的な意味合いがある。わたしがその意味を知っているか否かはどうでもいい。ヨーロッパにある無数の教会には「十字架の道行《みちゆき》」というものがあって、聖地を巡礼するかわりに、それぞれの信仰の場面が体系的に飾られている。これを教義《ドグマ》と言います。ギリシア語のドケオー、「わたしは思う」、「わたしは信じる」という意味です。神学的に認められていたこうした教義は、今日「文化」と呼ばれるものとなって伝播している。つまり、何世紀ものあいだ、人々は啓示とともに冒瀆を行なってきたと言えるわけだ。啓示《レヴェラシオン》というのは宗教用語で、詩的な言葉では黙示《イリュミナシオン》と言うけれど、ともかくわたしたちの歴史は「聖なる」歴史で——ただし今日では「聖なる」にカッコをつけておく、問い直しのためのカッコをね——受胎告知や受肉といった、さまざまな「啓示」の瞬間があった。「啓示とともに冒瀆を行なう」というのは、絵画を例にとって言えば、実在の若い女性をモデルに作品を描いて「これは聖母マリアだ」と謳うこと（五〇頁、一五〇頁）。つまり、冒瀆とは芸術なのです。翻って今日では、世俗に染まった聖遺物——復活、受肉、贖罪、原罪といった言葉——によって啓示や黙示を行なうことが、新たな詩的思考を養うことが必要なのです。

降架と重力

冒瀆とは聖なるものに対する蛮行とされていますが、それは、冒瀆されたものごとを受け継ぐことなのです。いますこし穏やかな言葉としては「降架」がある。キリスト教信仰とは、降架されてきたもの、降架されるものだと言える。マルセル・ゴーシェの「宗教的なものからの脱却」とは、「聖遺物なんてほっぽり出しておけ」という意味じゃない。あれは、聖遺物をどのように扱ったらよいか、聖遺物をたよりにどうやって芸術を生み出したらよいかという意味だ。画家に「十字架の道行」を描けと言ってごらんなさい。作曲家に聖譚曲《オラトリオ》を書けと言ってごらんなさい。彼らは考えるでしょう。聖遺物を扱うとはそういうことです。これがボードレールの示した詩的責任であるとわたしは思う。

――「降架」に絡めて言うなら、あなたは「悪化させる《アグラヴェ》」という言葉を用いていますが、あれは文字通り「重くする《グラーヴに》」という意味ですね。

ドゥギー　そのとおり。「事態は深刻だ《グラーヴ》」なんて言うでしょう。人は難題《アポリア》に直面すると、耳を塞いで目を閉じたがる。この状況を悪化させたくない、軽くしたいと思う。わたしはその逆を行く。「悪化させる」とは、事態の深刻さを熟知して、危機のとことんまで行くことです。西洋哲学では危機のことを「虚無主義《ニヒリズム》」という。虚無主義とは、わたしたちは無とともにどこまできたのか、この無をどうするか、ということ。無とは否定的なものばかりでもない。「わたしたちに共通しているものは何も無い」のなら、この無はわたしたちに共通のものというわけだ（二五七頁）。わたしたちがともにやっていくためには、この「共通無」を何ものかに変えねばならない。それはあらゆる宗教の使命としてある。

今日のイスラム教は、あらゆる人間の、あらゆる人間に課そうとしている。法として、コーランの啓示に則って、不寛容で暴力的な教義をあらゆる人間に課そうとしている。法として、シャリーアとしてね。これとは反対に、時代の潮流は「宗教的なものからの脱却」をめざしている。わたしはこの使命を「降架」や「悪化」と呼んでいるのです。

神の向こう岸へ

――はじめにハイデガーの名前が出ましたが、本書を読みながら、とりわけハイデガーの「何のための詩人か」を思い出しました。リルケの詩から「聖なるもの」を、つまり「神の痕跡」を抽出した論考です。言ってみれば、あなたはマリエットへの詩の pi-euse という分音にそれを見出した。「乏しき時代」とは神の欠如を欠如として記憶に留められなくなった時代であり、「乏しき時代の詩人」とは消え去った神の痕跡を知りつつ詠う詩人である。というハイデガーの公式に乗っかると、「わたしはこの敬虔な魂に何と答えることができるのだろう」の一行は、百番と対をなす九十九番の出だし、「わたしは忘れていない」という言葉と響きあっているように思える。研究者のあいだでは、この一節は、自身の幸福な幼少時代を終わらせた母の「心変わり」に対するボードレールの恨み節として解されるところです。でも同時に、この言葉は、マリエットという人間の敬虔さを「知りつつ」、そこから遠ざかってしまった詩人が、世界が、この魂にかけることのできる唯一の言葉なのかもしれません。

ドゥギー　いくつか指摘します。はじめに、ある作家の表現がその作家の人生のどの時期に呼応するのだろうと考えるのは、読者だろうと研究者だろうと至極当然のことです。芸術家というのは自分の生の痕跡とともに芸術を生むわけですから、週末やバカンスを過ごしたあの家のことを「わたしは忘れていない」というのは当たり前のことでしょう！　しかし、そこで留まっているような解釈にはなんの面白みもない。「寓意的」に読まないといけない。詩には、詩が伝記的事実に即して言うこととは別なことを言わせないといけない。わたしの好きな例をあげましょう。わたしはいま左岸からやってきて、橋のうえで友だちに会うとする。「やあ、何してるの。わたしは向こう岸に行くところだよ」と声をかけますね。「わたしは向こう岸に行く」。パリに住む者としては、「左岸から右岸に行く」という意味です。でも同時に、死すべき者として、「わたしたちは彼岸に渡りつつある」という意味でもある。「わたしは渡る」。なんでもないひとことですが、「彼は渡った」と言えば「彼は亡くなった」という意味になる。この表現の意味するところは（1）わたしは川の対岸に向かっている（2）わたしは死にかけている……？　違う！　そこには一義的な意味など存在しない！「渡る《パッセ》」と「逝く《トレパッセ》」。「川」の向こうと「生」の向こう。はじめから、同時に、ふたつの意味がある。解釈とは「寓意的」な価値に耳を傾けることです。わたしたちには何が聴こえるのか。問題はそこにあるのです。

乏しき時代……ヘルダーリンを引きながら、ハイデガーはそう言いました。人間はみずからの欠乏を知らない。そこには忘却という脅威がある。ギリシア語のランタネスタイ、「気づかずにいること」がある。忘却の河がある。ここからハイデガーはアレテイア、つまり「忘却《レテ》から脱すること」を論じました。欠乏に対する無自覚から脱すること。「欠乏を欠乏すること」と言ってもいい。人間は自分に足りないものを忘れてしまった……しかし、わたしたちの時代にあって、この問題もまた「悪化」させねばならない。なぜなら、二十一世紀のわたしたちは、神の欠如を欠如として記憶に留められないばかりか、それを記憶に留めているのは御免なのだから！　わたしたちに必要なのは――これは大変な問題です――半神を呼び戻すことではない。みずからの欠如を知り、苦しみ抜くことではない！　今日のわたしたちに必要なのは、神の欠如のとことんまで行き、神を完全に忘却するのではなく、「わたしたちには神は欠けていない」と考えることなんだ。一九三〇年、ハイデガーは言いました。いまから百年前にヘルダーリンという詩人がいて、神の欠如という脅威を詠っていたと。そう言いながら彼は、神の欠如は人間にとって救いとなるかもしれないと考えていた。神の欠如に救いを求めていた。でも二十一世紀のわたしたちは違う。大切なのは、神の欠如を知りつつも、演出やリサイクルや見せかけで、ヴィンケルマンのように古代や神話を呼び戻すことではない！　そうではなく、神の欠如そのものを絶つことなのです。

無言で聴く、無言で言う

——「わたしはきみにこの詩を贈る」という詩（一五三—一五四頁）がそうであるように、詩は「伝聞」（ouï-dire）であるとあなたは言います。そして「はいと言うこと」（dire-oui）でもあると。あらためてお訊きしたいのですが、わたしたちはこの敬虔な魂に「はい」と言うことができるのでしょうか。どこかで書かれていたように、安息日になると家族が教会ではなくマクドナルドに行くようになった現代は、ボードレールはおろか、ハイデガーの時代とも隔世の感を禁じ得ませんが……。

ドゥギー　「はい」と言うこと。それは、「マリエット、正しいのはきみだった、さあ教会に行って一緒に祈ろう」という意味では断じてない。わずかな例外をのぞき、今日の人間は誰も「魂の不死」など信じていないでしょう。愛しい人々との再会を誓った「あの世」、そんな「救済」を信じていたのは揺籃時代の人類です。この世とあの世の区別など、もはや信じられない。たとえ無数の若者が「不信心な他者」を殺すことで、アッラーのもとで再会できるという「信仰」を抱いていたとしても、そんなのは児戯に等しい！　わたしたちはともに「いまここ」にいるのであり、そんなゆりかごは卒業しなくてはなりません。

それはさておき、ouï-dire というのは言葉遊びです。ouï は「聴こえたこと」、e をつけると「聴覚」（ouïe）。「耳が聴こえる」（avoir de l'ouïe）なんて言いますが、ガリマールの査読委員時代に知り合ったジャン・グロジャンという詩人は、原稿を読みながら、「この詩人には耳がない」と口癖のように言っていました。「この詩人は自分の言語をしっかりと聴いていない」という意味です。とはいえ、音読しろという意味ではありません。話す存在とは、自分の言語を聴きながら自分自身の声を聴いているのだから。ouï-dire とは「聴くことと言うことの直結」であり、それは無言のうちに行なわれることです。今日の詩法に鑑みると、これはデリケートな問題です。朗読会でわめきちらすのが最近の流行りですからね……。

――「音声詩」のような。

ドゥギー　とかね。詩《ポエジー》はもちろん「音声」のもので、読まれるためにあるわけだ。でも詩とは第一に、無言のうちに聴かれ、読まれるものでしょう。人が夜のふちや夢想のただなかで聴き、読むものでしょう。人は絶えず「内的独白」を独りごちているものです。アウグスティヌスは「ワタシノ内奥ヨリモ内奥」にいる神の声を聴いたという。わたしは、わたしの一番深い内奥で、わたしの言語を聴く。今日言われるような「感覚」としてではなく、生まれもった母国語を、それなしでは考えることのできない言語を、聴くのです。考えるとはみずからに話しかけることです。話すことと考えることは同じこと、この分かちがたい直結を、ouï-dire と呼ぶのです。

宗教の名残

——「わたしはこの敬虔な魂に何と答えることができるのだろう」もまた、ボードレールが、そしてわたしたちが「みずからに」問う問いでもあります。これはひとつの開かれた問い、あるいは、答えのない問いなのでしょうか……。

ドゥギー　答えのない問いではありません。ボードレールに「言う」ことができたことは何か。彼が『悪の華』と名づけた数々の詩篇でしょう。あの詩こそが答えなんだ！　あまたの書簡が、手記が、笑いについての小論が、『サロン』が……彼の書いたものすべてが、〈作品〉そのものが答えなんだ。

　彼は敬虔さというものが移ろいゆくことを、敬虔な魂たちに伝えようとした。もしマリエットが生きていたとしても、彼は「なにもみな変わったのだよ、人はもう教会には行かないのだよ」とは告げなかったかもしれない。わたしの母も熱心なカトリック信徒でしたが、わたしは母に自分の宗教観を押しつけるようなことはなかったと思います。フランスの政教分離《ライシテ》の意義はそこにあるわけで……今日では、宗教的信条の名のもとに暴力が跋扈しているでしょう。心のよりどころは人それぞれのものであり、力づくで他人を説き伏せてはならない。教会に行くのもいいでしょう、モスクだって素晴らしい、シナゴーグなんて最高だ。しかし、しかしだ。さまざまな信条や、「他者」すなわち「不信心者」への軽蔑——どの神も一切合財を求めるわけですから――が対立する「公共」の場では、わたしは他人の信条を知りたくはない。それはわたしを脅かすからです。ですからわたしはマリエットに向かって「教会はマクドナルドに変わった」なんてつっけんどんに言いはしませんよ。

――宗教に関わる点でひとつ、疑義を挟ませていただきたい。『火箭』の十五番には「宗教の話などするだけ無駄だろう、その名残を探すだけ無駄だろう。この分野では、神は存在しないとわざわざ口にすることが世のひんしゅくを買う唯一の行為なのだ」と書かれています。あなたはこの一節を引いていますが（四五頁）、傍点を打った部分は省略しています。もし本書の目的が、まさしくキリスト教の「名残」を今日に移すことにあるのだとしたら、それはボードレールの「前言撤回」とは齟齬をきたすことにはなりませんか。

ドゥギー　そんなことにはなりません。答えは単純で、「その名残を探すだけ無駄だろう」というのはボードレールの本心から出た言葉ではないからです。彼はここで自分自身の考えを「戯画的」に冷やかして言っているまでです。宗教の名残――「サタンへの連禱」などを思ってみればいい――彼はまさしくそれを探した人であり、それしか探していない人でしょう！時にはウンザリして、「神の話などするだけ無駄だ……」と投げやることがあったとしても、ボードレールは神の話しかしていない人でしょう！

残されたもの……ドイツ語の bleiben（残る）は、フランス語では rester と訳されます。「台所には何が残ってる?」みたいにね。でもハイデガーはヘルダーリンの bleiben を、フランス語でいえば demeurance（留まるもの）と解した。「留まるもの」とは、ゴミ箱行きとは正反対のものだ。「だが留まるものは、詩人たちが築く」。ドイツ語の stiften（築く）は、consolider（固める）とか fonder（樹立する）とか訳せるでしょうが、わたしなら rejouer（演じ直す）、relancer（投げ直す）、redonner（与え直す）と訳す。つまり transformer（変容させる）と訳す。これは翻訳に対する偏見の問題でね、「適切な翻訳」なんてないのですよ。翻訳には時代がある。時代ごとに解釈や解釈学があるわけで、今日の「わたしたち」に必要な意味に、「別なふうに」訳す必要があるのです。

——奉遷《トランスラティオ》とはそういうことですね。

ドゥギー　そのとおり。それから、「前言撤回」（palinodie）という言葉について、すこしだけ説明しておきます。この言葉はギリシア語の palin（やり直す）と ode（歌）……そして語源ならぬ誤源としては、palin + hodos（道）、つまり「来た道を引き返す」という意味です。引き返すといっても、道はふたつある。前言撤回とはふつう、「いや、わたしはそんなこと言ってない!」という「否認」として解される。ですが、わたしの「前言撤回」は、文字通り「来た道を引き返す」ことです。それは、これまでの道のりを保ち、変容させることであって、ひとつの「撤回」ではあるけれど「否認」ではない！　これまでの人生で重きをなしていたものを、自省を通じて、新たに、別なふうに考え直すこと。いつか『帰路なし』（二〇〇四）という本を書きましたが、前言撤回とは「帰路なし」の道なのです。

――神や神々をめぐる歴史は、あなたの言う意味で「前言撤回」の歴史です。「古代が失われるにつれ、「古代的なもの」とは何を意味するのだろう」という問いを立てていますね（八四頁）。『エコロジック』（二〇一二）でも触れられていたと思いますが、今日「古代性」の住処は「広告」だと言える。ギリシア的な美は、サッカー選手の肉体に受肉しています。まるで人間は「死すべき者」ではなく「不死なる者」だと言わんばかりに……。

ドゥギー　いくつかのモチーフが混ぜこぜになっていると思うので、ひとつひとつより分けて答えます。まずは古代性の話からいきましょう。先週ギリシアに行ってね、古代劇場のあるエピダウロスまで足を伸ばしました。収容人数にして一万四千人だったか、そんなに人はいなかったけれど、そこでエウリピデスの『トロイアの女たち』を観た。紀元前五世紀の作品を、つまりは古代的なもの、古代性の上演を観たのです。今日ああいうものを上演すると何が起こるかというのは、じつに難しい問題で……劇の冒頭でポセイドンがアテナに話しかけるのですが、こっちは誰ひとりポセイドンやアテナがいたなんて信じてない。ギリシア人だってアフロディテなんか信じてないわけだ。そうなったときに、この聖遺物たちをどうすればいいのか。どう舞台にあげればいいのか。ある意味で、エウリピデスの『トロイアの女たち』は上演不可能な作品だ。「みなさん、いまはあたかも紀元前五世紀です、神々の言葉を聞くようにこの芝居を見ましょうね」と言っても、それは無理にもほどがある。でも演出はこのあたかもをやるわけで、舞台上ではヘカベやカッサンドラといったトロイアの女たちが転がっている。戦争で荒れ果てたトロイアの虐殺の物語を、この古代性を移送するにはどうすればいいのか。ひとつ力業で——今日の演劇にありがちなのだけど——この衆を現代に連れてきて、SSみたいな現代の軍服を着せてしまうという手はある。でもこれは乱暴というものです。紀元前五世紀にはヒトラーの殲滅計画はなかった、にもかかわらず、人間が人間を殺戮したという物語を今日に移したうえで、この物語がわたしたちに語りかけることに耳を傾ける。このあたかもをやるにはどうすればいいのか。古代性の問題はそこにある。

絵画についても同じことが言える。むかしニューヨークのMoMAでトゥオンブリー展を見たときに、大きな灰色の画布に「アフロディテ」という文字が落書きみたいに書き殴られていた。トゥオンブリーは名前を書いた。それ以外にアフロディテの何が残っているか。壁に刻まれた「アフロディテ」という名前以外には、何にも残っていないでしょう。あの画布はアフロディテへの信仰表明などではない。今日アフロディテ的なものをどうすればいいかということなのです。

——「聖遺物は言語のなかにある」ということですね。

ドゥギー　そう。ここからは論争を呼ぶ話になるけれど、観光と広告を例にとってみましょう。おおざっぱに言えば、ギリシアもローマも、古代性はみな、いわゆる「文化的なもの」になってしまった。「文化的なもの」とは、「残されたもの」を観光や広告のための消費財としてリサイクルしたものに対する総称で、これは大きな受容であるとともに大きな脱線でもある。ギリシアかパリか忘れたけど、どこかでこんな看板を見かけましたよ。「この夏、あなただけの神話の待つ海へ」！　「あなただけの神話」など存在しない。個人の個人的な快楽用に個人化された神話は神話とはなんの関係もない。この広告は「バカンスに散財しましょう」という命令でしかない。二十世紀は脱神話化の世紀でしたが、これでは脱神話化の正反対だ。「無駄遣い」の極み、おそらくは、ナンセンスの極みです。人々の余暇をコーディネートする「文化的なもの」によって、「残されたもの」はどうなってしまうのか。

――『詩《ポエジー》の物と文化的なこと』（一九八六）から三十年このかた、あなたは「文化的なもの」について独自の見解を主張してきました。

ドゥギー　「文化的なもの」とは第一に、「文化」つまり「教養」の同音異義語としてあります

――同音異義語とは危険なものです。時代がくだると、人類学、社会学、民俗学といった二十世紀生まれの学問は、レヴィ＝ストロースの仕事に代表されるように、自然と文化、自然的な

ものと文化的なものに線引きをしました。ゆえに「文化的なもの」とは、第二に、この「自然的なもの」と背中合わせというか一心同体のものとしての意味をもつ。そして第三に、この語には近代経済学と結びついたまったく新しい意味がある。発祥はフランスで、マルローの構想した『空想の美術館』（一九四七）のなかにその萌芽はあった。『空想の美術館』は、あらゆる文化財を「複製」イメージとして展示するというものでしたが、「文化的なもの」は、古今東西の文化財を経済的資産に、「諸国民の富」に仕立てあげる。つまりは「遺産」の問題として、それを遺伝子型の表現型に仕立てあげる。生命科学の発達に伴い、あたかもギリシア人ならギリシア人、日本人なら日本人というぐあいに、民族ごとにアイデンティティがあり、それを発揮するのは表現型である、つまり「労働」ではない、資本の産物ではないとするわけです。あらゆる存在者――個人、集団、物――にはＤＮＡがあり、「文化的なもの」とは遺伝子に刷り込まれた能力の表現型の発露だという話で、これはまったくもって前マルクス主義的というか、非マルクス主義的な見地です。アイデンティティごと、文化ごとに「遺産」があり、それが他の人々の好奇心を刺激する。わたしはこれを、文化市場が再生産を回すための戦略だと考えています。こうしたことは、かつては経済のほんの一部の話だと思われていましたが、わたしの主張はこうです。「あらゆる世界経済は、自覚の有無に関わらず、文化的なものである」。この第三の意味は、まだまだ突き詰めていかねばならない。

ます。

——「労働」という言葉が出たので、ボードレールの言う「仕事」に引きつけてみたいと思います。死の二年前、一八六五年十二月二十三日の母親宛の手紙には、こんな一節があります。

> あなたのそばで過ごした幼い日々がいまでも目に浮かびます。オートフィユ通りのこと、サン＝タンドレ・デ・ザール通りのこと。でもときにはそんな夢想から目を覚まし、震えるような気持で思うのです。「大切なのは習慣的に働くことだ。仕事という厄介な道連れを、自分にとって唯一の喜びとすることだ。わたしを待っているのは、それ以外になんの喜びもない時間なのだから。」

ボードレールは、母とふたりで過ごした幼年の残影を、死ぬまで抱えていた人です。それが二度とは戻らぬことを、「悪はなされた」とも書いている。もはや道連れも喜びもない、それゆえ仕事を唯一の「喜び」とせねばならないというのは……。

ドゥギー　「悪はなされた」……ボードレールがそう書いているのですか。

——ええ。六一年五月六日の手紙の……ここに。

悪はなされた

ドゥギー　これは嬉しいな、メモしておこう。「悪はなされた」〔le mal est fait：起こったことは仕方ない〕、わたしはよくこの表現を使うのですが（二二頁）、するとボードレールの言葉と知らずに引用していたわけだ。わたしにとって、これは「悪」の定義そのものです。悪とは「なされたもの」。言いかえれば「取り返しのつかないもの」。取り返しのつかないことは、常に、なされてしまったことなのです。人と人、国と国のあいだで。これは今日の重要な課題で、わたしたちは「修復の世紀」にいる。修復できないものをどうすれば修復することが、とは言えないわけで……言葉に迷うな、動詞が思いつかない……これは本当に難題《アポリア》なんだ。修復できないものを――カッコつきで――「修復」せねばならないのだから。わたしはよく「誰もが横車を押す義理がある」と言います。「誰にも横車を押す義理はない」という表現を、例によってあべこべにしたものです。国家レヴェルの問題を考えてみればいい。たとえば、日本が中国に犯した悪は修復できないものでしょう。三日前、メルケル首相が「十九世紀末のドイツはナミビアで大虐殺を犯した」とドイツ国民を代表して表明していました。修復できないことが犯されていた。これはフランスにとっても最重要事項で、奴隷制時代や植民地時代は、ある意味では修復できない。「赦せないものを赦す」とデリダが口を酸っぱくして言っていたでしょう。修復できないものを「修復」する。今日のわたしたちは、この絶対的な矛盾を突きつけられている。誰もがそのなかにいることを「理解」せねばならない。これを斥けてはならない。あらゆる国家、ひいてはあらゆる個人が、修復できないことを犯してしまったのです。わたしがウィトゲンシュタイン派やカナダの分析哲学にもの申したいのは、あの連中は「ケア」とか言うでしょう。「テイクケア」とか。言葉を変えればそれで済むと思っているが、そうは問屋が卸さない！ 「悪はなされた」。言ってみれば、わたしたちにはそれしかないんだ。

仕事と無為

――それで、「仕事」の話に戻りますけど……。

ドゥギー 今日ではね……とりわけ知識人や芸術家は「さあ仕事だ」とか「仕事は順調？」とか、「仕事」という言葉をたいへんよく使います。自分がなすべきことをなすという意味で。仕事とは、責任をもってものごとに絶え間なく従事すること、つまりは思考なのです。ブランショのキーワードのひとつに「無為」というものがある。仕事と無為をどう折り合わせるか。ジッドの『パリュード』（一八九五）は「仕事中かい？――『パリュード』を書いているんだ」という対話ではじまるけれど、今日の知識人層にとって「書く」とは「働く」という意味だ。しかし同時に、ブランショはそれを「無為」と呼ぶ。同じ活動が「無為」とも「仕事」とも呼ばれる。なかなかに厄介な矛盾です。芸術家は「作業をしています」なんてへりくだってみせるけれど、彼らがへりくだってみせる理由は、マルクスが言うように――わたしたちはそれを乗り越えられずにいるのですが――肉体労働と精神労働が截然と隔てられているからです。「仕事をしています」とは、いわゆる「労働者」と同じことをしているという意味で、知的労働者や精神労働者だって、誰もがひとえに「働いている」わけです。それゆえみんな「仕事をしています」と言う。

しかしながら、全人類の九十五％は労働を耐えがたいものだと思っている。社会全体が仕事とは正反対の価値にかまけている。人々の望みは「退職」、つまり「もう働かない」ということだ。これは深刻な社会問題ですよ。「仕事」という言葉に他人の自尊心を傷つけることのない意味を与えるにはどうすればいいか考えねばならない。わたしは退職なんてまっぴらで、日に二時間は働いていますけど、みんな「仕事は終わった」と言ってバカンスに出る。つまり、わたしはこの人たちの自尊心を傷つけているわけだ！　ともかくも、全体的な問題としては──マルクスが見極めたように──肉体労働と精神労働の分裂をどう乗り越えるかということです。

──「ペンをもつ手も犂をもつ手も変わらない」と。

ドゥギー　まあね。ランボーには「恐ろしい労働者たち」という表現もありましたが。いずれにせよ、知的領域でいう「働く」とは、考えることであり、仕事に取り組むことでありながら、とはいえ「仕事」とも言い切れない、複雑きわまる一種の「無為」なわけです。レオパルディの言葉を思い出してもいい。彼は、人生の意義は「閑暇」にあると言った。でもこの「閑暇」こそが彼の詩を生んだ。人生とはみな閑暇であり、自由に使える時間です。他のことに使えたかもしれない、そんな悩みの種となる時間なのです。「無為」とはそのようなものであると思います。

——ボードレールの倦怠もまた、そのような「無為」の産物です。ところで、彼の手紙を読んでいると、「怒り」という言葉が「悲しみ」と対になっていることが多いのですね。『火箭』の末尾もそうですが……。

ドゥギー　「このページを残しておこう——この怒りに日付をしるすために」。

——彼は「怒り」の横に「悲しみ」と書いて、マルで囲っているのです。まるで怒りと悲しみとは、倦怠の「半々」であるかのように。

ドゥギー　ええ、でも人は怒ったときによく「こんなことになって悲しいよ！」と言うでしょう。怒りと悲しみは深く結ばれたもの、同じものなのです。そして、彼はそれに「日付をしるす」。

ボヌフォワ

——話題を変えて、ボヌフォワのことについてお訊きしたい。ミシェル・ドゥギーとイヴ・ボヌフォワの詩学は『悪の華』というチェスボードのうえで向かい合っているようです。本音を言えば、おふたりの対談を載せられたらどんなによかったか。

ドゥギー　公な場所で話し合うことはないでしょうね。もっとも、わたしたちは親しい間柄で、お互いの書いたものは読んでいます。あと二十年若かったら、ひとつそういう話になったかもしれないが……ともかくわたしたちの対立の舞台は、これまでもこれからも、紙のうえということです。

――わかりました。ボヌフォワは十九世紀を「ボードレールの世紀」と呼んでいますが、まずこの点には同意されますか。

ドゥギー　ええ、ただしいくつかの留保が要ります。わたしたち詩人にとっては「ボードレールの世紀」……と呼んでかまわないかもしれないが、とはいえ大多数の詩の読者にとっては「ヴィクトル・ユゴーの世紀」です。一八〇二年に生まれ、八五年まで生き、おまけに国葬までされている。ゆえに、公式には「ヴィクトル・ユゴーの世紀」です。それはそれとして、詩人に関して言えば、四、五人の候補がいます……。ボードレールとマラルメを分けてはならないし、今日の若い人たちにとっては「ランボーの世紀」かもしれませんね。ボードレールに対してランボーとは何かというのは大変な問題ですが、ともかく、ランボーの世紀、マラルメの世紀、ボードレールの世紀、ヴィクトル・ユゴーの世紀と言えるでしょう。

――彼の『ボードレールの世紀』(二〇一四)にも収められていますが、ボヌフォワがパトリック・ラバルトの寓意論によせた序文「寓意の罠と真理」にも、まるであなたへの返答のように、こんな一節があります。「隠喩とは、生ではなく物の外見を比較するものであり、その抽象化によって大きな図式をいっそう強固にする。比喩とは、まずもって概念的な行為である(……)」。あなたが「ともにある存在」や「類似した存在」と呼ぶものを、ボヌフォワは「概念」として斥けるわけです。

ドゥギー　ボヌフォワの重要な用語は「現前」です。現前を――現前を「言うこと」を――脅かすのが「概念」だとされている。彼の出発点は『アンチ・プラトン』（一九四七）でした。ここはデリケートな点ですが、ボヌフォワは、ほんのひと握りの詩篇のほんの数行から、現前――不在ではないもの――の瞬間を引き出すわけです。それを生むのはたった一、二行の詩句でしかない。

彼は概念《コンセプト》を遠ざけますが、わたしは「概念なくして直観なし」とカント式に考えます。理解すること《コンスヴォワール》は、わたしに言わせれば「ノエシス的」なものです。すくいあげるべきは「感覚」ではない、感覚は言葉では伝わらない。わたしがこうしてライターで指を火傷して「熱い！　熱い！」とわめいても、あなたは痛くも痒くもない。伝わるのは「感性」や「気持」です、これらはノエシスに関わるものです。詩作とはノエシス的なものであり、ここで「比喩」が大事になってくる。わたしに言わせれば「修辞」がね。隠喩しか存在しないのです。つまり、隠喩など存在しないのです。

――言語という舞台上には脇役《フィギュラン》しか存在しない。つまり、脇役など存在しない。どんな文彩《フィギュール》も主役である。そう言いかえることもできるでしょうか。

ドゥギー　そう言ってもかまいません。昨日、メッスにオープンしたばかりのポンピドゥー・センターまで行って、レリスやマッソンの展覧会を見てきました。見事なものでしたが、闘牛に関する展示のなかに——ピカソもレリスもヘミングウェイも、みな闘牛に入れ込んでいました——「闘牛は隠喩である」というレリスの言葉がありました。「何の」隠喩とも言わず、ただ「隠喩である」と。わたしに言わせれば、闘牛は隠喩ではない。闘牛は闘牛だ！　……百歩譲って、まあ……象徴とは言えるのかもしれないが、隠喩ではない。……のかわりに、……のためにある「等価物」のようなもの。そのまま言えるはずのものを、そのまま言わずに言うためのもの。もしもそれを隠喩と呼ぶのなら、そんな隠喩にはなんの価値もない！　言語とは、その構造からして——どんな動詞や前置詞の用法も——言ってみれば「隠喩的」なのです。ここでいう「隠喩」とは、いま述べたような隠喩よりもはるかに本質的な構成要素たるもの、つまり、超越論的なものなのです……。

闘牛は隠喩ではないし、隠喩となることは脅威なんだ……今日、闘牛はまさしく脅かされているでしょう。隠喩だと言うのなら、いったい「何の」隠喩なのか。人々は「闘牛を殺すのはよくない」とは言っても、何の隠喩かは言えない。隠喩になったら闘牛は消えてしまうかもしれない！　そう言ってもかまわない！　多くの人は闘牛をよく思ってないからね。言いかえれば、闘牛の「等価物」などないと思っている。闘牛は「何のかわりでもない」とわたしは思う。つまり、闘牛は隠喩ではないんだ！

現前の話に戻ると、大切なのは現前を「言う」ことなわけでしょう、ノエシスによって。どんな言語もどんな言葉も「抽象的」なもの、つまり「……から抽象された」ものなのです。芸術だってそうで、闘牛のかいわりに闘牛の輪郭を描くわけだ。これは抽象化であり形象化です。わたしは、隠喩、寓意、比喩、形象化といった言葉には区別を設けません。修辞とは文法と論理と同じひとつの超越論的なもの、つまり言語の本質的な構成要素なのです（三二頁ほか）。ものごとを言うことは、ものごとが「そのようである」（c'est comme ça）と言うことであり、ものごとが「どのようであるか」（comment c'est）を言うことです。「どのような」（comment）を言うのは「……のような」（comme）です。人はものごとが「どのようであるか」を作り出すことで、ものごとが「そうである」（c'est ça）と言っているまでで、それ以外にものごとの「何性」を言う方法などないのです。ボヌフォワはある詩篇のたった一行から「現前」を拾いあげ、他の詩行から切りはなしたうえで、それを「修辞的」でも「隠喩的」でもない言いかたで「概念」という脅威から救い出せると考えている。わたしには、どうにもそれがよく理解できない。

夜のすること

ポイエイン、作り出すこと（行なうこと）が問題なのです。オースティンの遂行的発話というのがあるでしょう、言うことが行なうことだという。わたしはあれをあべこべにして、詩にとっては「行なうことは言うことだ」と考えています。することは言う。ものごとがすることを言うのです。

——詩は「有言実行する」とも書かれていますね（一四三頁）。その線でいくと、先ほど触れた「わたしは忘れていない、街のはずれの／小さいけれど穏やかだった、わたしたちの白い家のことを」という詩をまた引き合いに出してみたくなる。行数にしてわずか十行のこの小品は、「パリ情景」に収められた他の作品とはまるで詩味が異なります。死や悪や労苦に満ちた、耳を聾するパリ詩群。そんな首都の「はずれ」に住んでいた幼年の思い出として――「白鳥」の言葉でいえば「岩よりも重い」思い出として――あの短詩は、変わりゆく都市のなかで生きる詩人のなかで、変わらぬ姿で生きている。「パリ情景」のなかで生きている。大切な記憶のありかたを言う、「小さいけれど穏やか」な、有言実行の詩だと思います。

ドゥギー　そのとおりですね。とはいえ、ものごとがすることを言うのは簡単なことではありません。「瞑想」の「愛しい人よ聴いてごらん、甘美な夜の足音を聴いてごらん」という有名な結句を考えてみましょうか。夜とは何をするものか。天体物理学者ならば「夜とはこういうものである」と科学的に定義するでしょうが、詩の場合は夜の「すること」を言うわけだ（笑）。「夜が歩く」というのは隠喩です、隠喩を斥ける人々が何と言おうとね。詩は夜の謎に読者の注意を引きつける。天体物理学者にとっての謎とは違う謎がある、人の「心」にとっての謎がある。夜は歩く、まるで歩くようにするのです。夜のすることを、夜がそんなことをするなんて誰も思わなかったことを聴かせる必要がある。すべては隠喩なのです。

――すべては擬人法でもあるのでしょうか。「夜が歩く」というのは擬人法ですよね。

ドゥギー　まあね。しかし、すべては擬人法というのはすこし違う。それぞれの文彩には特定の用法があるわけです。わたしに言わせれば、すべての詩は迂言的であり敷衍的であるけれど、同時に、迂言や敷衍というものは存在する。擬人法《プロソポペ》は「顔《プロソポン》」という語源に即して、「顔をもたないものに顔を与える」という意味で用いたい。たとえば、未来に顔を与える《アンヴィザジェ》〔予想する〕といったぐあいに（八七頁）。もっとも、マンガみたいに目と鼻と口を描くという意味ではありませんよ。

特殊と一般

——ふたつの物のあいだにあるもの。クローデルは、あなたの言う「ともにある存在」を「一般的なもの《ジェネラル》」と呼びました——ふたつの物が「ともに生まれる《コ・ネートル》」〔知る〕という意味、「生むもの《ジェネラトゥール》」という意味で。この言葉についてはどうお考えですか。

ドゥギー　ポール・クローデルの『詩法』（一九〇七）には、若い時分、多大な影響を受けました。当時のわたしにはキリスト教の存在も大きかったので。「一般的なもの」ですか……レヴィ＝ストロースは、「比較が一般化を築くのではない、その反対である」と言っています。これに対して、比較ぬきに一般化はありえない、比較は一般性の源であるというのがわたしの創意とでも言えましょうか。一般化とは、ある特殊な状況のなかにある一般性を、ボードレールの言う「象徴」をつかむことです。日常のありふれた状況のなかから「生の深み」や「象徴」をつかむこと（七五頁）。「状況」と「一般性」、あるいは「状況」と「観念」という半々をつかむこと。「特殊性」とは「それはこういうものだ」という比較によって得られるものである以上、「一般性」――ある状況のなかに眠る真理――もまた比較によって得られる。わたしはそう考えています。どんな状況も、本質的に他の何かと比較し、他の何かの喩えとなりうるものであり、このことと一般化とは切っても切りはなせない関係にあるのです。

――ふたつの物を比較するとき、そこで比べられているものはボヌフォワの言うような「概念的」なものではないとすれば、それはいったい何なのでしょう。

ドゥギー　概念ではありません。それは「物がほかの物とともにありながら行なうこと」なのです。わたしに言わせれば「代換法」です（一三五頁）。ヴァレリーの「海辺の墓地」には「あまたの大理石があまたの影のうえで揺れている」とあります。大理石と影は「ともにある存在」であり、両者のあいだには代換法があり、交換がある。ある状況のなかにある「特殊性」をつかむのはこの「交換」であり、そこから直接に「一般性」が引き出されるのです。

ブルーメンベルク

――文法学・論理学・修辞学という「三学《トリウィウム》」の評価や、ロゴスにおける「隠喩」の絶対的な役割など、ハンス・ブルーメンベルクとあなたの思想には、少なからぬ類似がみられます。

ドゥギー　ブルーメンベルクについては、あまりよく知らないのです。残念ながら。

――それは意外でした。彼は『隠喩学のためのパラダイム』（一九六〇）で、「修辞とは真理の装飾にすぎない」という紋切型の批判を逆手に取って、つぎのような論を展開しています。おもしろい箇所なので長く引きます。

「裸の真理」などというのは、なるほど同語反復であると認めねばなるまい。真理とはつねに人間に対するものごとの顕露なのだから。しかし、隠喩とはまさしく真理の概念には何ひとつもたらすことのないものだ。隠喩とは、概念をこえて、複雑きわまる推測や価値判断を投げかけるものだ。なぜなら隠喩は、服装や仮装としての衣服の解釈や意味とかたく結ばれているのだから。これに照らしてみると、裸であることとは、欺瞞や仮面を見やぶることでもあるが、あられもない暴露や神秘に対する侵害でもある。衣服を身にまとう真理には真理なりの「文化」があるのかもしれない。人間の文化史というものが本質的には服飾史であることと同じように。なぜなら人間とは服を着た存在であり、おおっぴらに「自然である」とはふるまわない。真理とはそんな人間に対して向けられたものとしてのみ理解され、扱いにはそれなりの「配慮」が必要なものである以上、ことさらに率直で「自然」なものとみなされた真理は、「服を着た」存在には馴染まないものではないだろうか。

ドゥギー　ふむ……正鵠を射た指摘ですね。というのも、昨今の人々の考えかたはこれとはまるきり反対でしょう。なにもみな「裸」を志向している。「人間とは服を着た存在である」、これは本質的な主張です。このごろの演劇やダンスは「人間とは裸の存在である」という主張を舞台にあげていますが、これとは相容れないものです。要は動物性と人間性の違いです。ここでは立ち入った話はできませんが、人間と動物を近寄せようとするのは当然のなりゆきで、生物学を旗手として、あらゆるサイエンスがこの方向に進んでいる。しかし、科学ではなく「叡智」の観点から、ロゴスという観点から、人間と動物は異なっている。この違いを維持することは芸術の責務のひとつであると思います。ブルーメンベルクはいみじくも「人間とは服を着た存在である」と言っている。人間は服を脱ぐこともできるけれど、原始的な裸の姿に立ち戻ることはできないということです。

――――それゆえ「修辞」とは、もはや皮相な飾り花ではない。「人間がもつ最も深いものは皮膚である」というヴァレリーの言葉を思い出してもよいかもしれません。

ドゥギー　ええ。デリダはナンシーをめぐって「触覚」や「接触」を論じていました。シャンフォールに言わせれば「愛とはふたつの表皮の接触である」。重要な差異はみな、触れあうところで起こるもの。ヴァレリーは逆説めいたことを言うのがうまい人で、「表層こそが深層である」とした。人間がもつ最も深いもの、それは内蔵でもなければ内的信条でもなく、「触れあう」部分なのですね。「触れあい」とはノエシスのすべてに関わる問題です。

心について

――『奇数』（二〇〇〇）には「比喩とともにまたはじめよう」という詩がありますね（「比較を再開しよう」『愛着』（書肆山田））。魂は比喩でしか表現できないものだから、比喩を否定することは魂を否定することだと。「人は魂なしでいられるだろうか。わたしはそうは思わない」。論理的に、頭を使って心を詠んでいる、わたしの好きな作品です。「魂とは比喩である」。これは、すぐれてロマン主義的な問題です。ラマルチーヌ、ミュッセ……ロマン派が用いた「魂」や「心」の比喩を数えてみれば、膨大なリストができるでしょう。彼らとは世代も問題意識のありかたも違いますが、ボードレールもまた「……のような《コム》」の詩人です。そして、マリア・サンブラノが言うように、ふたつのロマン主義――「中世の秋」と十九世紀のそれ――の落日とともに、詩人たちは「心」を詠わなくなった。

「こころをばなににたとへん」。かつて、わたしたちの国で萩原朔太郎という詩人がそう言いました。ボードレールの徴のもとにある――散文家としても――彼もまた、あなたの言う「魂と比喩の関係」を見抜いていたのです。

こころをばなににたとへん
こころはあぢさゐの花

ももいろに咲く日はあれど
うすむらさきの思ひ出ばかりはせんなくて。

ドゥギー　「こころをばなににたとへん」か……。心は何にでも喩えられるということですね。言いかえれば、心とは本質的に「喩え」だということ。紫陽花、噴水、墓……すべての詩人と同じように、彼が「こころをばなににたとへん」と言うとき、心はありとあらゆる比喩のために用いられている。何にもまして決定的かつ重要な「喩え」――何かをそう喩えることのできるもの――は存在するか。そんな問いを立てることもできるでしょう。

こころは二人の旅びと
されど道づれのたえて物言ふことなければ
わがこころはいつもかくさびしきなり。

「こころは二人の旅びと」……おもしろい、謎めいた表現だ。「こころはあぢさゐの花」は月並みだけれども、ここで詩が昏くなるね。心はつねに「……とともに」ある。この「ともにあるもの」が欠けているので、心はそれを探している。さびしさ、悲しさ。これは『パリの憂鬱』にも通じる言葉で、いわば存在の根音です。ここで「二人の旅びと」と呼ばれているものは、フランス語では「心《アーム》」〔魂〕と「心 友《アーム・スール》」〔魂の伴侶〕と言います。愛情や友情を通して、心はいつもその心友を探している。官能を追い求めるだけでは見つからないもの。それなくしては、やりとりを交わすことも、親しみを知ることもできないもの。人はひとりではやっていけません。自分が自分であるために必要なものは、いつでも心友のうちにある。この日本の詩に註釈するとすれば、そんなところでしょうか。「こころは二人の旅びと」。旅びとはみな、別なものにとっての心友なのです。

――「心は喩えである」とするなら、少なくない詩人が隠喩を「恥」として切り捨てることは、抒情に対する嫌悪、語の最も弛緩した意味で「ロマン主義」に対する嫌悪の表われなのかもしれません。

ドゥギー　そうかもしれないね。

――おそらく「抒情」詩人と呼べるジャム・サクレに言わせれば、詩から抒情性を排そうとすることは徒労である。「ただの目や耳になろうとしても、それは願望でしかない。そんなふうに努めれば、詩の幾何学と記憶とを狂わせることになる」……。

ドゥギー　それはあまりに単純化した言い分というか、「マラルメに抗して」というたぐいの古い主張の焼き直しだ。しかしながら、詩の「幾何学」(géométrie) という言葉はおもしろい。字義通りには、géo は「地球」、métrie は「測ること」。「地球の尺度」という意味だ。わたしは「詩とはジェオメトリーである」と言いたい――語源的な意味でね。その「尺度」となるのは数学的な道具ではなく「言語」です。言語とはただひとつの尺度なのです。プロタゴラスが言ったでしょう、「人間は万物の喩えである」と。

――学部生の時分には、ボードレール、ランボー、アポリネールと、いろいろな詩を暗唱したものですが、昨今の詩の多くは暗唱に耐えるものではありません。デリダは「暗唱すること」(apprendre par cœur) を文字通り「心で学ぶこと」と説いていましたが、暗唱とは詩型や韻といった形式の問題だけでなく、まさしく「心」の問題でもある。あなたの最新詩集は『心がなければ』(二〇一二) と題されていますね。

心がなければ、わたしたちの耳は聴こえないだろう
わたしの心を聴いてごらん、甘美な生の足音を聴いてごらん

ドゥギー　暗唱の問題はリズムの問題と切っても切りはなせない関係にあります。リズムとは反復のこと、つまり、規則性と不規則性のことです。長短、短長といった「差異」の反復。リズムとは記憶術であり……記憶そのものなのです。言いかたをかえれば、人がある記憶を思い出せるのは、その記憶が、いわゆる記憶術のなかにあるから、記憶術を伴っているから……いや、何て言ったらいいんだろう……記憶術に支えられているからなんですね。リズムとは「心で」記憶するものです。今日の詩の難は、この「不規則的な規則」をすっぱりと放棄している

点にある。韻律法など一顧だにせず、なんでもかんでも改行改行だ。心とは差異の拍子です。心臓は、拡張（diastole）と収縮（systole）と言いますね。dia は「隔てる」、sun は「近づける」。つまり、心とは差異と接近の楽器であり、「記憶の体」そのものだ（笑）。結論としては、昨今の詩は「不規則的に不規則」なので留めることが難しい。記憶とは「留める」ものです。その昔、子供に詩を教えていた時代では、詩《ポエジー》はそのための用をなしていた。ものごとを「形式」のおかげで覚えることができた。今日の詩はそういうところからはなれつつあります。「心で」をなおざりにしている。きっと「心」をなおざりにしている。

未来の現象

――ボヌフォワは、このほど出版された『ボードレールの徴のもとに』（二〇一一）への再録にあたり、「マラルメに語りかけるボードレール」という一九六七年の論考（『ユリイカ』「特集ボードレール」一九九三年）に大幅な加筆修正を加えています。六七年版は、ボードレールとマラルメのあいだのドラマは「今日も演じられているのです」と結ばれていましたが、二〇一一年版の結びは――あなたも引用されていますが（九九―一〇〇頁）――「しかし「未来の現象」が書かれ、ボードレールがそれを読んだときから、このドラマは加速する。そして今日ではその幕切れが近づいているのです。」この論考は巻末に収められており、してみると、これはボヌフォワが「今日」世に問うた本書の結語として読めるわけです。

伝統的な詩を書きつづける詩人たちがいる一方で、ウリポの影響もあってか、フランスの現代詩は「言語遊戯」に振れる傾向があります。オリヴィエ・カディオの『詩法』（一九八八）などはその典型でしょう。カディオと交流のあるエマニュエル・オカールは、「言語の規則に揺さぶりをかけること」をモットーに「文法」という「法」の問い直しを図っています。ルーボーが、ランボーは十二音節詩句という「社会秩序」を破壊した、と述べたのを思い出します。ボヌフォワいわく「幕切れ」を迎えつつあるという今日の詩壇の状況を、ボードレールにとってのこの「未来の現象」を、どう見ますか。

ドゥギー　わたしに言わせれば、ランボーは「破壊」などしていません。ルーボーの言う「破壊」とは「一般化」のことです。句切れや句跨ぎといった規則に変化を生むことで、ランボーは十二音節詩句の可能性を押し広げた。十二音の周辺で詩を揺らしたアポリネールもそう。それゆえわたしは、ボードレールの分音の意味を買っています。無音のeと分音——分音は二重母音だけでなく、二重子音にだって適応できる——は、詩を引きのばす可能性としてある（二四二頁ほか）。言いかえれば、音節の数えかたに正解はない。十二音節詩句は、十一音だったり十三音だったりと、十二音の周辺をふらついているものです。

——ボードレールはそれを「六か七の流動」と呼んだ。

ドゥギー　そう。かつてルーボーとの対談で、マラルメの« Victorieusement fui le suicide beau »（美しい自殺を勝ち誇って逃れ）という奇想天外な十一音節詩句を引き合いに出したことがあります。

« Vi-cto-ri-eu-se-ment fu-i le su-i-ci-de beau » と読めば十四音だ。十二音として読むために、« Vi-cto-*ri-eu*-se-ment / fui le sui-ci-de beau » と victori-eusement を分音する人もいれば、わたしのように « Vi-cto-rieu-se-ment fui / le *su-i*-ci-de beau » と su-icide を分音する人もいる。どこに句切れを置くべきか、どこを分音し合音すべきかわからない。でもこれは、十二音節詩句の「破壊」ではない。

――――「詩の危機」はまさしく韻文の可能性を膨らませるものであると、たしかにルーボーは書いていますね。

ドゥギー　そういうことです。「規則に揺さぶりをかける」のはかまわないけど、それは文法という法を「お払い箱にする」ということでは断じてない。人は「法」なくして何もできない。法を学ぶのは、法に例外を生むためです。詩行だけでなく文法に関しても同じことで、無知から過ちを犯してはならない。しかし、文法の可能性をふまえたうえでなら、規則で遊んでみせることもできる。手玉に取ることと破壊することは違います。

――――一部の詩人にとっては、文法、ひいては言語が、ものごとや世界のありかたを「言う」ためのものというよりも、その内部で――同語反復的に――意味を自己生産するための装置のようになりつつある。そのようなメディウムとしての言語には「修辞」などの出る幕はない。「芸術作品においては、意味内容よりも、意味の生まれかたや表われかたや渋りかたのほうが重要である」というピエール・アルフェリの指摘は、詩のみならず、「コンテンポラリー」

と名のつく芸術一般の動向を探る言葉だと思います。

ドゥギー　アルフェリの言う「意味内容」とは「語意・文意《シニフィカシオン》」の謂いでしょうか。そういうことならわたしも同意できますが。「語意」とは辞書に載っている意味ですが、「意味《サンス》」は――人生には「意味がある」とか「意味がない」とか言うときのように――語意よりも大きなものですからね。大切なのは、この両者の関係です。「この文意は何ですか」とあなたが問う。「その文意はこうです」とわたしが説明する。問題は、この説明をふまえたうえで、その文章があなたにとって「意味」をもつかということです。辞書的な「語意・文意」ではなく、哲学的な「意味」を。その言葉は、その文章は、人生にとって、死にとって、友情にとって、意味があるのだろうか。人は「意味内容」を知ったうえで、意味のありやなしやと向き合うのです。「意味内容」とは記号内容《シニフィエ》のこと、「意味の生まれかた」とは記号表現《シニフィアン》や意味形成性《シニフィアンス》のことで、アルフェリは「シニフィエに抗してシニフィアンスの側に立つ」と言っているわけです。十年前、二十年前にはこういう言説があったけれど、いまとなってはさほどおもしろいものでもないね。

韻文と散文

――最後にひとつ、詩人でも哲学者でもあるあなた自身の経験をもとにお訊きしたいと思います。あなたは、憐れみとは一方的なものではなく、ピエタとは「憐れみ《ピチエ》でもあれば敬虔《ピエテ》さでもある」と書いています（一五五頁）。このあたりの議論は、『ラッシュアワーに』（一九九三）に収められた「ローマのサン・ピエトロ大聖堂を出て、記す」という詩が下敷きになっているかと思います。

ピエタのなかには朝焼けの屑を拾う女もいる
人々に屑を自分の宝物をさしのべる女がいる
朝焼けに屑を拾うあらゆる女のなかには
ひとりの子を空間に広げるピエタもいる

してみると、あなたは同じ考えを韻文と散文で展開しているわけです。「詩人が韻文で言うことは韻文でしか言えない」というバンヴェニストの所見に異を唱えられていますが（一二八頁）、あなたはなぜ詩を書くのでしょう。というか、なぜ詩で書くのでしょう。あなたの「詩的理性」を、詩で書く根拠を教えていただけませんか。

ドゥギー　これは人々の鍔迫り合いの争点で、たいへん難しい問題です。わたしは「詩人が韻文で言うことは韻文でしか言えない」とはしたくない。その理由のひとつとして、ボードレールは韻文詩と散文詩を発明したということがある。彼は「旅への誘い」を散文で――反復的なリズムのない、文法的に構成された文章で――書き、かつ韻文でも書いている。「わが子よ、わが妹よ」……。

――――しかし、散文詩が「言うこと」と韻文詩が「言うこと」は同じではない……。

ドゥギー　同じであると「仮定する」ことはできます。というのも、詩作という作業のなかでは、人はいつ何時も、「散文」と呼ばれうる瞬間のなかから「韻文」を探しているからです。韻文は散文から「生まれる」ものです。こうして生まれた韻文を、それから、散文で敷衍や説明することもできるという話でね。ヴァレリーに言わせれば、歩くのも踊るのも同じ体がすること。体はふたつとない。これはとても大切なことです。さもなくば詩人は、「自分はナントカの精のような特別な存在なんだ」と勘違いしかねない。

韻文と散文の差とは、詰められる差なのです。ソクラテス以前の哲学者たちの有名な格言を、さまざまな言葉《ロゴイ》を思ってみればいい。たとえば、ヘラクレイトスに《 ethos anthropo daimon 》（性格とは人間の運命である）という言葉があるけれど、あれは何ですか。韻文ですか。散文ですか。詩の書き出しでもおかしくはない。つまり、韻文・散文という分類の手前で、考えるべきこと、考えられることを、リズムにのせて短縮し凝縮したものが詩なのです。詩とはひとつの「計画」だと言ってもいい。それゆえ詩は、つねに「敷衍」できる深みをもつ。人は詩のなかに入ってゆける。思い出すこともできる。それが詩なのです。

――本当に最後の質問になりますけれど、あなたはもう二時間以上もこうして喋っていらっしゃる。いまでもペンを握りしめ、矍鑠と「働いて」いらっしゃる。どうしてそんなに元気なのでしょう。活力の源はどこにあるのでしょう。怒りのエネルギーなのでしょうか、絶望のエネルギーなのでしょうか。

ドゥギー (笑)。どうして元気なのでしょうね、わたしにもわかりません。まさにそのところを、わたしはかつて「絶望のエネルギー」と呼びましたが。ふたつ、区別せねばならないことがあります。まずひとつには、個人の気質の問題がある。誰もが精神《プシケ》というものをもっている。精神とは心のありようですが、同時に脳のことでもあり、シナプスや体と通じあってもいる。心理学や精神分析の分野では、個人の気質は、たとえば「偏執狂的」や「強迫神経的」などと言われますが、わたしはどうも、たまたま「抑鬱的」な気質ではなかったらしい。心配性ではあるけどね……。

それからもうひとつ。わたしにとっては、楽観の欠如というか、まったき悲観というものが、矛盾とか難題《アポリア》とかいうものが、思考の糧となるのです。絶望的な状況にあるときには、なぜ状況が絶望的なのかを理解しないといけない。たとえばエコロジーとは、地球が絶望的な状況にあることから生まれた学問です。はたしてわたしたちに出口はないのか、ありうるのか。

そういうことが、思考の目を覚ますのです。出口なしの状況に、出口はあるのでしょうか。

二〇一五年七月十八日　ミシェル・ドゥギー宅

訳者あとがき

「わたしは詩《ポエジー》というものに、いわばボードレールから入った――そしていまもそこから出ていない。」（ドゥギー「愛着について」）

本書は詩人・哲学者としてフランスの文壇で不動の地位を築くミシェル・ドゥギーによるボードレール論の集大成である。もっとも、これはアカデミックな意味でのボードレール研究では断じてない。ある作家の生きた時代を忠実に再構築し、その作家の軌跡を忠実に辿ることが正統な文学研究の使命であるとすれば、ドゥギーがみずからに課したのはそれとは正反対のこと、すなわち、ボードレールを「過去」に結びつけるのではなく「今日」に連れてくることであり、「ボードレールのために」ではなく「わたしたちのために」ボードレールを読むことである。この点においてドゥギーのボードレールは他のあらゆる学者のボードレールとはまったくの別物であり、本書はいわば異端のボードレール論なのだ。

ドゥギーのボードレール論が異彩をはなち、それゆえ特定の界隈から敬遠される理由は、さしあたり彼の哲学的な手つきに求められるかもしれない。ハイデガーやカントをたよりに『悪の華』を註解するスタイルには、なるほど狭義のボードレール研究とは相容れないものがある

（たとえばドゥギーは初期の論考「ボードレールの美学」（一九六七）からすでに「想像力」をめぐってカントの名をあげていたが、正統なボードレール学者がカント哲学を引き合いに出すことは皆無に等しい）。文学者は哲学者の詩論を素通りし、哲学者は文学者の詩論など顧みないのが双方の作法であるかのように、文学と哲学のあいだにはなおも深い隔たりがある――その原因はおそらく、前者が主として詩《ポエム》を対象とするのに対し、後者が詩《ポエジー》を対象としている点にある。この同音異義語に潜んでいるのは、木と森の違いというより、実物の木と概念の木の違いである。

しかしドゥギーの堂々たる異端性はむしろ、彼が詩と哲学を結ぶ「詩学」を志す者として、詩人でも哲学者でもない「詩学者」としてボードレールと向き合うその姿勢にこそ求められるべきだろう（念のため断っておけば、ここでいう正統／異端の区分に（反転した）優劣のニュアンスは微塵もない）。ここにおいて本書には他のボードレール研究書とは異なる意義が、「わたしたち」にとっての意義があるのだ。詩学者の姿勢とはいかなるものか。その点を明らかにするために、本書の導きの糸となっているボードレールの詩句をいまいちど読み返そう。巻頭に掲出した『悪の華』の百番の二十一行――

わたしはこの敬虔な魂に何と答えることができるのだろう

本書はひとえにこの一行の解釈であり、煎じ詰めれば pieuse（敬虔な）という一語の解釈である。この詩篇はボードレールの幼少期に雇われていたマリエットという女中への思いを綴った作品であるが、詩人は終にそのことを公にはしなかった。やはり幼年を描いた九十九番の詩篇同様「無題」のままであり、詩文には誰の固有名も記されていない。彼はその理由を「家庭内の私事を売春するなんて、わたしにはとてもできないので」と母親だけに打ち明けている。

ボードレールは慎ましい。彼が愛した女性たちの名も『悪の華』には見当たらない。ボヌフォワはこの詩人の慎み深さについて、「名前こそが人間の唯一の場所であるとわかっていても、愛する者の名を言わないこと。それが詩《ポエジー》に届けることのできる最上の贈り物なのだ」と言った。本書の終章は「贈与と詩」と題されている。ドゥギーはボードレールの「わたし」に自分自身を代入することで、この詩をみずからに贈られたものとして受け取り、ボードレールの問いをみずからに問いただす。敬虔さを失ったボードレールに敬虔さを失ったみずからをかさね、敬虔さを失ったこの世界をかさねている。

ピエタ　ボードレール。それが本書の題名である。キリストより一世紀早く生まれたキケロにとって、ピエタ（*pietas*）とは「恩義のある者（先祖、祖国、神々）に報いようとする思い」を意味していた。時代がくだると、この語の意味はキリスト教の神学者たちによって「神の崇拝」に統一され、ピエタはやがて唯一神に対する「敬虔さ《ピエテ》」（キリスト教的）と人間に対する「憐れみ《ピチエ》」（異教的）というふたつの異なる概念に分岐することになった。

ボードレールは、神への「敬虔さ」を抱いたまま死んだマリエットへの「憐れみ」によって、すなわち彼女への「恩義」によって（「わたしたちはせめてささやかな花を供えるべきだろう」）、枝分かれしたふたつの思いをひとつのピエタに結び直す。「憐れみ」という主題を掘り下げるのであれば『パリの憂鬱』をひもとくこともできようが、近代都市に舞台を移した散文詩にもはや「敬虔さ」の一語は見当たらない。それゆえドゥギーはあくまでも韻文に耳を澄まし、その韻律に耳を澄まし、近代という夕焼け＝朝焼け《クレピュスキュル》に染まる詩のなかで息を引き取りつつある「敬虔さ」のかそけき脈拍を聞き分けようとする。類まれな聴覚をたよりに、ドゥギーは **pi-euse** という分音を生から死、死から生へと引きのばし、わたしたちの両岸をつなぐ一本の架け橋としたのである。

　事実、ボードレールは「死者たちは、かわいそうな死者たちは、惨苦とともにある」と言い切っている。生者にはおよそ不可能なはずのこの断言を可能にしたのが、サタンやカインに荷担してみせた彼がそれでもなお捨てきれずにいた一握りの敬虔さであった。ドゥギーが指摘するように、ボードレールのピエタは神や天使といった偉大なる「天上の者たち」への祈りではない。それは誰からも忘れられ、蛆虫に蝕まれ、この低い大地のしたでどこまでも這いつくばって死んでいるひとりの「人間」への祈りである。古典主義からロマン主義への過渡期には多神教から一神教への脱却が推し進められたが、そんなロマン主義の黄昏に咲いた「華」は神ではなく敬虔な魂に手向けられた。ボードレールはそれゆえ、宗教からの脱却に拍車をかけたのみならず、神への敬虔さを人間への憐れみに変えた詩人であるとドゥギーは看破する。ボードレールの憐れみは、神への愛を確たる前提とするキリスト教的隣人愛でもなければ、まったき無神論者のそれでもない。ドゥギーの言葉でいえば、ボードレールとともに敬虔さは「敬虔なる不敬」(『新装開店』)となり、わたしたちに託されたのだ。そしてそれは、どこまでも直情径行で技巧的にはなんら見るべきものがないこの「散文的」な韻文(Que pourrais-je répondre à cette âme pieuse)に乗ってやってきた。敬虔さと韻文性の絶望的な希薄さゆえに、ドゥギーはこの一行にわたしたちの現代を照らし出す二重の可能性を見出しているのである。

ボードレールとともに敬虔さは憐れみに変わった。人から人へ受け継がれてきた思いや祈りを「相続」するためには、それを「変容」させねばならないとドゥギーは言う。彼の用いる「冒瀆」、「降架」、「悪化」そして「トランスラティオ」といった語群は、いずれも人類の遺産の相続手続きを表わす語であり、すべて同じ意味である。冒瀆や降架といった語についてはインタビューにおける著者自身の解説に譲るとして、ここではトランスラティオという耳慣れない言葉に触れておきたい。この一語こそは本書におけるドゥギーの出発点にして目的地に他ならないのだ。

トランスラティオ(*translatio*)とは「移送」を意味するラテン語だが、この語にはまた「言葉・意味の移送」という観点から「翻訳」や(本書のもうひとつの関心事である)「隠喩」といった語義がある。古代アテナイで開花した哲学や政治は、その後ローマやパリといった西方に拠点を移すことになるが、こうした知＝権力の移動は中世思想において「学芸の移送」(*translatio studii*)や「帝権の移送」(*translatio imperii*)と呼ばれた。アリストテレス哲学をはじめとするさまざまな文献はギリシア語圏からラテン語圏へ、異教世界からキリスト教世界へ引っ越したわけだが、この場合のトランスラティオは「移送」と「翻訳」をいちどきに意味している。

そしてカトリックの文脈において、トランスラティオとは聖人の遺体や衣服といった聖遺物の「奉遷」を表わす。もっとも、ドゥギーの言う聖遺物(神の痕跡)とは、祭壇に祀られた遺骨のようにもはやわたしたちの生活とはなんの接点もない物ではなく、敬虔な人類によって伝えられ、いまもわたしたちが(それと知らずに)口にする言葉そのものを指す。たとえば「ボードレールの詩に『決して間違いはない』と言おう」という章に読まれる「無謬性」もそんな聖遺物のひとつであり、この言葉はローマ・カトリック教会の教義「教皇無謬性」(信仰と道徳に関する教皇の発言に決して間違いはないとする説)に由来する。あるいは、他でもないこの「聖遺物」(reliques)という言葉自体がそう。かつてこの語に宿っていた聖性もまた地に降ろされ、今日では「形見」(souvenir)という意味に変容し、いわば「聖遺物の形見」(reliques des reliques)そのものとなっている。ハイデガーがギリシア語に施した膨大な註釈がそうであるように、今日では聖遺物と化した言葉を新たな思考の糧に変え、わたしたちの役に立つ意味を与えようとするドゥギーの試みは、語のあらゆる意味でトランスラティオの試みである。本書でもくり返される「過去をその喪失に変える」という独特な言い回しは、文字通り「聖遺物をその形見に変える」ことを意味する。それは過去の忘却でも墨守でもなく、過ぎ去りし世界をその形見として相続し、つぎの世界に進むこと、すなわちボードレールの作品を翻訳＝解釈によって今日の「わたしたちのために」変容させることである。つまるところ、トランスラティオという人類の使命——古人がともした聖火に薪をくべること（エチエンヌ・ジルソン）——に対するドゥギーなりの回答と言えよう。

「過去をその喪失に変える」とは、別な言いかたをすれば、死者を埋葬することでもある。埋葬といっても、ボードレールをまるでピラミッドのミイラのように元の姿のまま保存するという意味ではなく、故人の言葉や思想を土に返し、わたしたちの糧とすることである。そしてそれはまさしくボードレール自身があの百番の詩で試みたことであった。彼はどこその墓地に眠るマリエットの魂をあの詩のなかに移葬《トランスラティオ》することで、彼女の敬虔さを相続し、その形見として相続し、それをわたしたちに伝える渡し守となった。あるいは「白鳥」という詩を思い出してもいい。変わりゆく都市に生きる詩人は、愛する故郷も夫も失った郷愁の囚人アンドロマケに思いを馳せ、彼女の魂にみずからの魂をかさねたのではなかったか。神々の住まう世界から神なき都市に移送され、詩人の巧みな修辞によって一羽のけだものとの交配を余儀なくされ、かくも耐えがたい冒瀆によって神話のヴェールを剝ぎとられた裸のアンドロマケは、結核の女ジャンヌや彼自身のために、「そして他にも、まだたくさんの者たち」のために——つまりは「わたしたちのために」――この乏しい時代に奉遷されたのではなかったか。わたしたちの同類として兄弟として、紀元前であろうと十九世紀であろうと二十一世紀であろうと、変わりゆく世界のなかでいつの世も変わることのない試練にさらされる人間の運命を、全身で訴えていたのではなかったか。

古代イスラエルの神ヤハウェは、モーセを人目につかない谷に葬ったという。今日までモーセの墓は見つかっていないと「申命記」にはある。賢明な神は、人々が預言者の遺体を偶像化することを恐れたのだ。神とは聖書のなかに求めるべきであり、聖遺物は偶像（イメージ）崇拝につながるとして、プロテスタントの立場から聖遺物崇敬に警鐘を鳴らしたのはカルヴァンである。

　モーセの墓は、空っぽの墓だった。聖遺物の歴史は「空っぽの墓」にはじまる歴史だった。原初の贈り物は「無」だった。そういえば、ウェルギリウスのアンドロマケもボードレールのアンドロマケも「空っぽの墓」の前で祈っていた。最初の神がわたしたちに贈った「無」の前で祈っていた。そして詩人たちは、物にあらぬこの「無という贈り物」（二五七頁）を、無ではなくそこにあるなにかに変えた。すなわち詩に変えた。そしてそれは言い伝えとなり、伝説となり、伝聞となってわたしたちに贈られた。モーセの墓、アンドロマケの墓、マリエットの墓、ボードレールの墓……きみの墓、それはわたしたちのなかにある。

おお　愛しきものよ　きみの墓　きみの天国　きみの地獄　それはわたしたちなんだ。きみはもういない。わたしたちがきみの墓を建てよう。わたしたちがきみの大地なんだ。

――ドゥギー『絶望のエネルギー』

博覧強記と思考の回転数をたよりに限界までギアを上げ、一速二速のトロい説明などすっ飛ばして一気呵成に疾走するドゥギーの文体は容易に読者を寄せつけないが、晦渋な筆致とは裏腹にその主張はいたってシンプルである。本書でドゥギーが試みたことは、二世紀前にボードレールが試みたこととなんら変わらない。トランスラティオの試み、それはどこまでも伝統的でどこまでも正統な人類の営為なのである。

*

現代哲学から聖書まで、ドゥギーの文章は暗黙の引用や目配せに満ちており、そのつど出典を明示することは煩雑を極めるだけなので、訳註の数はなるべく抑え、本書の理解の助けとなるよう著者にインタビューを行なった。

ドゥギーの思想および経歴については、ミシェル・ドゥギー『愛着――ミシェル・ドゥギー選集』（書肆山田、二〇〇八年）の訳者である丸川誠司氏による卓越した同書解説をお読みいただきたい。

貴重な翻訳の機会と叱咤激励をくださった小林康夫先生、煩瑣な校正作業にお骨折りいただいた未來社の西谷能英社長、そして訳者の質問に次ぐ質問にお答えいただき、三時間近くに及ぶインタビューにお付き合いいただいたミシェル・ドゥギー氏に心よりの感謝を申し上げる。

鈴木　和彦

二〇一六年三月十三日

【著者略歴】

ミシェル・ドゥギー（Michel Deguy）

1930年、パリ生まれ。

詩人、哲学者。パリ第8大学名誉教授。*Po&sie* 編集長。*Les Temps Modernes* 編集委員。国際哲学コレージュ、作家会館の代表を歴任。アカデミー・フランセーズ詩大賞ほか受賞多数。詩集、哲学書など今日まで出版した著書は四十冊以上にのぼる。ハイデガー、ヘルダーリン、ツェランのほか、アメリカ現代詩の翻訳にも携わっている。

邦訳に『愛着――ミシェル・ドゥギー選集』（書肆山田）、『尽き果てることなきものへ――喪をめぐる省察』（松籟社）。共著の邦訳に『崇高とは何か』、『ジラールと悪の問題』（ともに法政大学出版局）。


【訳者略歴】

鈴木和彦（すずき・かずひこ）

1986年、静岡生まれ。

京都大学文学部卒業。東京大学大学院博士課程単位取得満期退学。現在、パリ第10大学博士課程。フランス文学。

訳書にクリスチャン・ドゥメ『日本のうしろ姿』（水声社）。

【ポイエーシス叢書65】

ピエタ　ボードレール

二〇一六年四月十五日　初版第一刷発行

定価……本体二二〇〇円＋税

著者……ミシェル・ドゥギー

訳者……鈴木和彦

発行所……株式会社　未來社

東京都文京区小石川三―七―二

振替〇〇一七〇―三―八七三八五

電話（03）3814-5521

http://www.miraisha.co.jp/

info@miraisha.co.jp

発行者……西谷能英

印刷・製本……萩原印刷

ISBN978-4-624-93265-7 C0398

ポイエーシス叢書

（消費税別）

☆は近刊

1 起源と根源　カフカ・ベンヤミン・ハイデガー　小林康夫著　二八〇〇円
5 知識人の裏切り　ジュリアン・バンダ著／宇京頼三訳　三二〇〇円
8 無益にして不確実なるデカルト　ジャン＝フランソワ・ルヴェル著／飯塚勝久訳　一八〇〇円
11 本来性という隠語　ドイツ的なイデオロギーについて　テオドール・W・アドルノ著／笠原賢介訳　二五〇〇円
12 他者と共同体　湯浅博雄著　三五〇〇円
13 境界の思考　ジャベス・デリダ・ランボー　鈴村和成著　三五〇〇円
18 フィギュール　ジェラール・ジュネット著／平岡篤頼・松崎芳隆訳　三八〇〇円
27 インファンス読解　ジャン＝フランソワ・リオタール著／小林康夫・竹森佳史ほか訳　二五〇〇円
35 反復論序説　湯浅博雄著　二八〇〇円
36 経験としての詩　ツェラン・ヘルダーリン・ハイデガー　フィリップ・ラクー＝ラバルト著／谷口博史訳　三五〇〇円
43 自由の経験　ジャン＝リュック・ナンシー著／澤田直訳　三五〇〇円
44 批判的合理主義の思想　蔭山泰之著　二八〇〇円
45 滞留［付／モーリス・ブランショ「私の死の瞬間」］　ジャック・デリダ著／湯浅博雄監訳　二〇〇〇円
46 パッション　ジャック・デリダ著／湯浅博雄訳　一八〇〇円

47 デリダと肯定の思考　カトリーヌ・マラブー編／高橋哲哉・増田一夫・高桑和巳監訳　四八〇〇円
48 接触と領有　ラテンアメリカにおける言説の政治　林みどり著　二四〇〇円
49 超越と横断　言説のヘテロトピアへ　上村忠男著　二八〇〇円
50 移動の時代　旅からディアスポラへ　カレン・カプラン著／村山淳彦訳　三五〇〇円
51 メタフラシス　ヘルダーリンの演劇　フィリップ・ラクー＝ラバルト著／高橋透・高橋はるみ訳　一八〇〇円
52 コーラ　プラトンの場　ジャック・デリダ著／守中高明訳　一八〇〇円
53 名前を救う　否定神学をめぐる複数の声　ジャック・デリダ著／小林康夫・西山雄二訳　一八〇〇円
54 エコノミメーシス　ジャック・デリダ著／湯浅博雄・小森謙一郎訳　一八〇〇円
55 私に触れるな　ノリ・メ・タンゲレ　ジャン＝リュック・ナンシー著／荻野厚志訳　二〇〇〇円
56 無調のアンサンブル　上村忠男著　二八〇〇円
57 メタ構想力　ヴィーコ・マルクス・アーレント　木前利秋著　二八〇〇円
58 応答する呼びかけ　言葉の文学的次元から他者関係の次元へ　湯浅博雄著　二八〇〇円
59 自由であることの苦しみ　ヘーゲル『法哲学』の再生　アクセル・ホネット著／島崎隆・明石英人・大河内泰樹・徳地真弥訳　二二〇〇円
60 翻訳のポイエーシス　他者の詩学　湯浅博雄著　二二〇〇円
61 理性の行方　ハーバーマスと批判理論　木前利秋著　三八〇〇円
62 哲学を回避するアメリカ知識人　コーネル・ウェスト著／村山淳彦・堀智弘・権田建二訳　五八〇〇円
63 赦すこと　赦し得ぬものと時効にかかり得ぬもの　ジャック・デリダ著／守中高明訳　一八〇〇円

64 人間という仕事　フッサール、ブロック、オーウェルの抵抗のモラル　ホルヘ・センプルン著／小林康夫・大池惣太郎訳　一八〇〇円
65 ピエタ　ボードレール　ミシェル・ドゥギー著／鈴木和彦訳　二二〇〇円
66 オペラ戦後文化論1　肉体の暗き運命 1945-1970　小林康夫著　二二〇〇円

本書の関連書

詩学批判　詩の認識のために　アンリ・メショニック著／竹内信夫訳　二六〇〇円
表象の光学　小林康夫著　二八〇〇円
文学の言語行為論　小林康夫・石光泰夫編　二〇〇〇円
書簡で読むアフリカのランボー　鈴村和成著　二四〇〇円
ランボー・横断する詩学　野村喜和夫著　二五〇〇円
パウル・ツェエラーン　若き日の伝記　イスラエル・ハルツェン著／相原勝・北彰訳　三五〇〇円